GrafiTäter & GrafiTote

Ard u.a.: **Der Mörder bittet zum Diktat**
Ard/Bieber/Breinersdorfer u.a.: **Good bye, Brunhilde**
Alberts/Ard/Junge/Schmitz u.a.: **Die Meute von Hörde**
Leo P. Ard/Michael Illner: **Flotter Dreier**
Leo P. Ard/Michael Illner: **Gemischtes Doppel**
Leo P. Ard/Reinhard Junge: **Der Witwenschüttler**
Leo P. Ard/Reinhard Junge: **Meine Niere, deine Nie**
Leo P. Ard/Reinhard Junge: **Die Waffen des Ekel**
Leo P. Ard/Reinhard Junge: **Das Ekel schlägt zurü**
Leo P. Ard/Reinhard Junge: **Das Ekel von Dattel**
Leo P. Ard/Reinhard Junge: **Bonner Roulette**
Dorothee Becker: **Mord verjährt nicht**
Dorothee Becker: **Der rankende Tod**
Jacques Berndorf: **Eifel-Filz**
Jacques Berndorf: **Eifel-Gold**
Jacques Berndorf: **Eifel-Blues**
Horst Eckert: **Annas Erbe**
Harald Irnberger: **Geil**
Harald Irnberger: **Stimmbruch**
Harald Irnberger: **Richtfest**
Andreas Izquierdo: **Der Saumord**
Reinhard Junge: **Klassenfahrt**
Jürgen Kehrer: **Spinozas Rache**
Jürgen Kehrer: **Schuß und Gegenschuß**
Jürgen Kehrer: **Wilsberg und die Wiedertäu**
Jürgen Kehrer: **Kein Fall für Wilsberg**
Jürgen Kehrer: **Killer nach Leipzig**
Jürgen Kehrer: **Gottesgemüse**
Jürgen Kehrer: **In alter Freundschaft**
Jürgen Kehrer: **Und die Toten läßt man ruhen**
Agnes Kottmann: **Tote streiken nicht**
Leenders/Bay/Leenders: **Feine Milde**
Leenders/Bay/Leenders: **Jenseits von Uedem**
Leenders/Bay/Leenders: **Belsazars Ende**
Leenders/Bay/Leenders: **Königsschießen**
Hartwig Liedtke: **Tod auf Rezept**
Hartwig Liedtke: **Klinisch tot**
Reiner Nikula: **Laurins Garten**
Reiner Nikula: **Tödliches Schach**
Reiner Nikula: **Ein Stückchen Hirn**
Theo Pointner: **Scheinheilige Samariter**
Theo Pointner: **Tore, Punkte, Doppelmord**
Hans Scherfig: **Der tote Mann**
Hans Scherfig: **Der verschwundene Kanzleirat**
Niklaus Schmid: **Die Wettreise**
Werner Schmitz: **Mord in Echt**
Werner Schmitz: **Nahtlos braun**
Werner Schmitz: **Dienst nach Vorschuß**
Werner Schmitz: **Auf Teufel komm raus**
Gabriella Wollenhaupt: **Grappa fängt Feuer**
Gabriella Wollenhaupt: **Grappa dreht durch**
Gabriella Wollenhaupt: **Grappa macht Theater**
Gabriella Wollenhaupt: **Grappas Treibjagd**
Gabriella Wollenhaupt: **Grappas Versuchung**

grafit

0695

Postfach 300240, D-44232 Dortmund

Umschlagfoto: dpa – Cornelia Nordström
Satz: HEVO GmbH, Dortmund
Druck und Bindearbeiten: Fuldaer Verlagsanstalt
ISBN 3-89425-056-9
1. 2. 3. 4./97 96 95

Dorothee Becker

Mord verjährt nicht

Kriminalroman

grafit

Die Autorin:

Dorothee Becker wurde am 16.2.1967 geboren. Sie wohnt in Essen und arbeitet als Fremdsprachenkorrespondentin in Mülheim/Ruhr.

1994 legte sie ihren ersten Roman *Der rankende Tod* (ebenfalls Grafit-Verlag) vor, ein »tolles Debüt« (*Neue Westfälische*), »witzig und spannend, locker vom Hocker zu lesen« (*Foyer*).

All the people I was kissing
some are here and some are missing
in the 1990s
. . .
We were always hoping that
looking back
you could always rely on a friend

Pet Shop Boys, Being boring.

Vielen Dank an alle, die mir geholfen haben, vor allem aber an Bettina für die medizinische Unterstützung.

Manchmal, wenn es im Haus völlig still war und der Wind günstig stand, konnte er nachts leise die Nebelhörner der Schiffe vom Hafen hören. Meistens war das in den allerfrühesten Morgenstunden, wenn ihn das erste Mal sein Alptraum aus dem Schlaf riß. Er versuchte, dann nicht wieder einzuschlafen, weil er wußte, daß der Traum weitergehen und er durch sein eigenes Weinen geweckt werden würde, aber schließlich gewann die Müdigkeit immer Oberhand, und er fiel erneut in einen quälenden Schlaf.

Es war stets der gleiche Traum, Nacht für Nacht. Er stand neben ihr in der Küche und hielt das Messer in der Hand.

Er hatte Angst.

1.

Das Verschwinden von Theo de la Cour war kein Fall für die Polizei. Niemand zerrte ihn nachts auf dunkler Straße in ein wartendes Auto, niemand schickte Theos kleinen Finger, in Watte gelegt, an seine wohlhabende Verwandtschaft, und er ließ auch keine ungedeckten Schecks in Millionenhöhe zurück.

Und doch war sein Verschwinden mysteriös für alle, die ihn kannten. Theo war früher gesellig und freundlich gewesen, aber in den letzten Monaten vor seinem Verschwinden hatte er sich abgeschottet und fast alle Kontakte abgebrochen. Schließlich hatte er seine Wohnung gekündigt, seine Zeitung abbestellt und sich von seinem Geschäftspartner seinen Anteil am Unternehmen auszahlen lassen. Dann verschwand er, ohne seinen Bekannten eine Adresse zu hinterlassen, ohne irgend jemandem zu sagen, wohin.

So erzählte mir das mein Freund Donald Dack, der Theo gut kannte und sehr mochte. Donald schilderte mir am Telefon in blühenden Farben Theos Vorzüge und seine Verdienste um die Gesellschaft und machte mir klar, daß es unsere moralische Verpflichtung sei, Theo nach Essen zurückzubringen.

»Wie heißt doch noch dieses alte Pfadfindermotto: Jedes Jahr eine gute Tat. Das Jahr ist jetzt fast zu Ende, da wird es Zeit für uns, Veronika!«

»So selbstlos kenne ich dich ja gar nicht«, entgegnete ich. »Da steckt doch bestimmt noch was anderes hinter, oder? Ist Theo womöglich ausgesprochen hübsch und außerdem zufällig schwul?«

»Hübsch? Über Geschmack läßt sich streiten, aber wer sagt, daß Theo häßlich ist, sollte besser eine Armbinde mit drei schwarzen Punkten tragen. Und natürlich ist er schwul. Hast du schon mal einen gutaussehenden Mann gesehen, der nicht schwul ist?«

»Doch, ein paar«, widersprach ich. »Darf ich dich daran erinnern, daß du mal in meinen Ex-Mann verschossen warst, der dich abblitzen ließ? Und sah er nicht blendend aus?«

»Da muß ich einen Hormonstau gehabt haben«, räumte Donald ein. »Außerdem ist das ja jetzt schon ein Weilchen her. Wir sollten mal wieder zusammen unseren detektivischen Neigungen nachgehen, findest du nicht?«

Ich ließ mich breitschlagen, Donald bei der Suche nach Theo zu helfen. Damals wußte ich natürlich noch nicht, was uns erwartete. Ich stellte mir vor, wir würden vielleicht mal beim Einwohnermeldeamt nachfragen, ob Theo seinen festen Wohnsitz zugunsten eines gemütlichen Plätzchens am Hauptbahnhof aufgegeben hatte, oder bei der Post vorstellig werden, um herauszufinden, ob Theo sich seine Briefe neuerdings auf eine Südseeinsel nachschicken ließ, oder Donald würde bei seinen Kollegen im Finanzamt in Erfahrung bringen, wo Theo neuerdings seine Steuererklärung abgab. Diese Nachforschungen, so glaubte ich mit bodenloser Naivität, würden etwas nette Abwechslung in den langen, dunklen November bringen, der sich schon mit Regen und Stürmen ankündigte. Ich war dreiunddreißig, mein Leben verlief in ruhigen geordneten Bahnen, und ich war auf dem besten Weg, zwischen Arbeit, Kindererziehung und Fernsehen im Spießerdasein zu versinken. Etwas Aufregung würde mir nur guttun.

Die erste Aufregung kam in Form von Theos Schwester, Svetlana. Die kleine Svetlana – sie war erst neunzehn und somit sehr viel jünger als Theo – sei ganz von Sinnen vor Sorge um Theo, hatte Donald mir berichtet. Sie war auch, bevor er selbst auf die Idee kommen konnte, mit der Bitte an ihn herangetreten, Theo zu suchen, weil sie selbst zu ängstlich für ein solches Unternehmen sei. Sie wollte aber gerne als unsere offizielle Auftraggeberin auftreten und, da sie aus reichem Elternhaus kam, sogar unsere Spesen übernehmen. Das klang verlockend – denn erstens waren wir damit sowas wie Privatdetektive, und zweitens reizten die Spesen. Ich bin zwar nicht gerade arm, aber wenn das Weihnachtsfest naht und man einen achtjährigen Sohn hat, dessen Leben nur noch um einen dicklichen Klempner italienischer Abstammung aus New York kreist, ist jede Einnahmequelle willkommen.

Also lud ich Svetlana ein, mich an einem verregneten und kalten Samstagnachmittag zusammen mit Donald zu besuchen. Ich bereitete mich geistig auf ein verschüchtertes, etwas bleiches Wesen vor, das sich hinter Donald verstecken würde, vielleicht nägelkauend, völlig unsicher – kurz, so wie ich mit neunzehn gewesen war.

Sie paßte allerdings nicht ganz in das Bild, das ich mir gemacht hatte. Zum Beispiel hatte ich nicht mit einem knallroten Irokesenschnitt gerechnet, mit kahlrasierten Seiten und langem Pferdeschwanz. Die zwei Nasenringe, die mehrfach geflickte Jeans und das Marsipulami-Sweatshirt brachten mich nicht ganz so aus der Fassung wie die vergnügte kleine Ratte, die auf Svetlanas Schulter turnte. Svetlana versteckte sich auch nicht hinter Donald, sondern kam vor ihm durch die Tür, während er sich gegen die Flurwand drückte und so dreist grinste, daß sein Grinsen bestimmt einmal ganz um den Kopf gegangen wäre, wenn er keine Ohren gehabt hätte.

»Das zahlst du mir heim, Dack«, zischte ich ihm ins Ohr, während Svetlana sich aus ihrem Bundeswehrparka pellte, der so alt aussah, daß er wohl schon zur Zeit von Verteidigungsminister Strauß getragen worden war, und bei dem die deutsche Fahne durch einen Stoffflicken mit der Aufschrift *Spartakus siegt* ersetzt worden war.

»Bleib gelassen, Wenger«, flüsterte er zurück. Und dann laut: »Darf ich vorstellen: Svetlana de la Cour. Veronika Wenger.«

»Sehr angenehm«, sagte ich, bemüht, nicht ganz so doof auszusehen, wie ich mich fühlte, »und wer ist diese junge Dame da?« Ich zeigte auf den gutgelaunten Nager.

»Oh, das ist doch nur Rosa«, antwortete Svetlana, während sie meine Hand schüttelte, als hinge ihr Leben davon ab, »sie ist völlig harmlos. Sie tut Ihnen nichts.«

»Aber ich könnte ihr was tun«, knurrte ich.

»Oh nein, bitte nicht!« Svetlana wurde bleich und wich von mir zurück. »Sie ist doch völlig stubenrein, wirklich! Und sie ist ein Geschenk von Theo, fast das einzige, was ich noch von ihm habe. Sie ist völlig zahm.«

»Es war nur ein Witz«, beruhigte ich schnell, als ich bemerkte, daß ihr Tränen in die Augen schossen. Offensichtlich versteckte sich hinter der rauhen Schale ein sehr weicher Kern. Ich schob die Gesellschaft ins Wohnzimmer, wo ein Marmorkuchen auf uns wartete. Vielleicht hätte ich für Svetlana doch besser Haschplätzchen backen sollen.

»Hey, schön haben Sie es hier«, sagte sie, nachdem sie sich in meinen Knautschsessel geworfen und ihre Fassung wiedergefunden hatte. »Ich wohne in einer WG, da ist alles ein bißchen schäbig. Aber ich habe mir ja gleich gedacht, als Donald mir gesagt hat, daß Sie in Stadtwald wohnen, daß Sie es ein bißchen eleganter haben würden. Darf ich rauchen?«

»Nein«, sagte ich. »Das ist auch ungesund für Ihre Ratte.«

»Ja, das stimmt«, seufzte sie und steckte ihre getoasteten Zigaretten wieder weg, »ich rauche eigentlich auch nur aus Protest gegen meine Eltern. Mein Vater ist Arzt und sehr autoritär, und da habe ich angefangen, zu rauchen, um ihn zu ärgern, weil er so gesundheitsbewußt ist.«

Tatsächlich, er war Arzt? Dann war Rosa womöglich eine geflohene Laborratte, infiziert mit Hepatitis B.

Felix, mein Sohn, kam aus seinem Zimmer gerannt, um Donald zu begrüßen, doch als er sah, daß wir noch mehr Besuch hatten, blieb er wie erstarrt stehen.

»Eine Ratte! Ist die zahm? Wie heißt die denn?«

»Rosa«, antwortete Svetlana mit sichtlichem Besitzerstolz. »Willst du sie mal halten?«

»Oja, oja, bitte, Mama, darf ich doch, oder?«

Was sollte ich sagen? Es war Liebe auf den ersten Blick. Felix packte die Ratte mit beiden Händen und hielt sie vor sein Gesicht, bis sich ihre Nasen berührten. Ich wandte mich mit Grausen ab.

»Keine Sorge, sie ist nicht gefährlicher als ein Goldhamster«, sagte Svetlana. Hatten etwa Goldhamster in Indien die Lungenpest übertragen?

Felix schleppte die Ratte, die versuchte ihn mit ihrer kleinen Zunge abzulecken, in sein Zimmer und blieb für längere Zeit verschwunden. Ich nutzte die Gelegenheit, um dienstlich zu werden.

»Erzählen Sie mir doch mal, was genau mit Ihrem Bruder passiert ist«, schlug ich Svetlana vor, die mit Donald in einen erbitterten Kuchenschnelleßwettkampf getreten war.

»Ja, also, das war so«, mampfte sie, »Theo und ich, wir haben uns immer prächtig verstanden. Er ist siebzehn Jahre älter als ich. Als seine Mutter starb, war er dreizehn, und ein bißchen später hat unser Vater meine Mutter geheiratet, und dann kam ich. Theo ist zwar sehr früh von zu Hause ausgezogen, aber hat sich immer um mich gekümmert. Er war sowas wie ein Gegenpol zu meinen Eltern – wenn ich mit ihnen mal Ärger hatte, konnte ich immer zu ihm fliehen. Er lebt ja so völlig anders als sie. Sie sind ziemlich konservativ und konnten das zum Beispiel nie akzeptieren, daß er schwul ist und so. Ich hab ihm immer alles erzählt, und ich glaube, seitdem ich älter bin, erzählt er mir auch alles. Aber seitdem Rüdiger tot ist, hat er sich völlig verändert.«

»Rüdiger war sein Freund«, wagte ich zu folgern.

»Ja, sie lebten zusammen. Rüdiger hatte Aids – wie es halt so kommt.«

Die geballte Lebensweisheit einer Neunzehnjährigen beeindruckte mich sehr. »Glauben Sie, daß er es auch hat?« fragte ich.

»Oh nein, er hat sich testen lassen, und alles war in Ordnung. Es sei denn, er hätte mich angelogen...

Jedenfalls hat er sich nach Rüdigers Tod vor etwa einem halben Jahr völlig abgekapselt. Es wurde immer schlimmer. Er war völlig komisch. Einerseits ist er nicht mehr ans Telefon gegangen, aber andererseits ist er plötzlich wieder bei meinen Eltern aufgetaucht, wo er sich nie sehen läßt, wenn er es vermeiden kann. Als ich jetzt wieder mal ein paar Wochen nichts von ihm gehört hatte, bin ich einfach bei ihm vorbeigegangen.«

Sie hatte ihr Kuchenstück – meinen Zählungen nach ungefähr das vierte – beiseite gelegt und putzte sich die Nase. Hoffentlich waren die Nasenringe aus nichtrostendem Material!

»Und er war einfach nicht mehr da! Da hingen fremde Gardinen in seiner Wohnung, und sein Klingelschild war ab! Ich hab mich nicht getraut, da zu klingeln, ich war völlig geschockt. Er ist einfach weggezogen, ohne irgendwas davon zu erzählen und zu sagen, wohin!«

»Wann war das denn genau?« fragte ich. Sie nannte mir ein Datum im Oktober. Da sie ihren Bruder schon einige Wochen davor nicht erreicht hatte, konnte er theoretisch schon seit über sieben Wochen verschwunden sein.

»Aber es muß doch sonst noch jemand bemerkt haben, daß er plötzlich nicht mehr da war«, sagte ich. »Hat er denn nicht gearbeitet?«

»Doch, ihm gehörte die Hälfte eines Frisörsalons in

Rüttenscheid«, erklärte Svetlana. »Er war für den ganzen kaufmännischen Teil zuständig, Buchführung, Reklame und so. Ich habe auch schon mit seinem Geschäftspartner telefoniert. Er hat mir erzählt, daß er Theo ausbezahlt hat. Theo hätte ihm gesagt, er wolle sich aus dem Geschäft zurückziehen.«

»Hm, hm«, murmelte ich und versuchte, mir durch eine intelligent-grübelnde Miene einen professionellen Detektiv-Anstrich zu geben. Ich war mir nicht ganz sicher, ob ich Theo überhaupt finden wollte. Nach allem, was ich bisher gehört hatte, hatte er sich vielleicht nur auf eine Südseeinsel abgesetzt, um sein Leben zu genießen. Es ist kein Verbrechen, wenn ein erwachsener Mann beschließt, wegzuziehen und das zu tun, wovon wir fast alle träumen.

Aber dann fiel mein Blick auf Donald, der mich ansah, als könne er meine Gedanken lesen. Donald hatte in letzter Zeit kränklich ausgesehen, sein Gesicht war bleich, so daß seine Haare und Augen um einen Ton dunkler wirkten als sonst. Vielleicht lag es daran, daß er sich nach Theo verzehrte. Er hatte nicht gerade viel Glück in der Liebe gehabt; ein Schicksal, das er mit mir teilte. Aber möglicherweise konnten wir wenigstens ihm helfen.

»Tja, da gibt es ja dann verschiedene Ansatzpunkte«, begann ich. »Wir könnten zum Beispiel die Nachmieter in Theos Wohnung ansprechen, seinen Geschäftspartner, seine Eltern, seine Nachbarn, alles, was er noch so an Freunden hat, oder vielleicht einfach das Einwohnermeldeamt.«

»Da habe ich auch schon dran gedacht«, sagte Svetlana, »ich glaube aber, daß ich mit meinem Aussehen bei ein paar Leuten Probleme haben würde, überhaupt angehört zu werden. Wenn man nicht lieb und brav aussieht, hat man es schwer bei Spießern.«

Da hörst du es, sagte ich mir, du bist alt und spießig geworden.

»Und ich wüßte auch nicht, an wen ich mich sonst mit der Bitte um Hilfe wenden sollte«, fuhr Svetlana fort. »Privatdetektive sind mir zu unseriös, die wollen doch nur abkassieren. Donald hat mir erzählt, daß Sie zwei im letzten Jahr eine Mordserie aufgeklärt haben, ganz ohne fremde Hilfe. Da dachte ich mir, daß Sie Erfahrung mit solchen Nachforschungen haben. Außerdem hat Donald mir gesagt, Sie hätten einen gemeinsamen Bekannten bei der Polizei. Nicht, daß ich sonst gerade verrückt bin nach den Bullen, aber hier könnten sie doch mal ganz nützlich kommen, oder?«

Ich ließ das unkommentiert und nickte. »Erzählen Sie ein bißchen von Ihrer Familie«, schlug ich vor. »Sie haben eben gesagt, Theo wäre plötzlich bei seinen Eltern wieder aufgetaucht, obwohl man sich zuvor zerstritten hatte.«

»Bei unserem Vater und meiner Mutter, ja«, berichtigte sie. »Ich weiß nicht, ob Donald Ihnen das schon erzählt hat?«

Donald schüttelte den Kopf, und sie sprach weiter: »Theos Mutter ist ja damals umgebracht worden. Das war, als er dreizehn war. Eine wirklich schlimme Geschichte. Den Mörder hat man nie gefunden. Danach ist das Verhältnis zwischen Theo und unserem Vater unter Null gesunken. Ein paar Jahre später haben meine Eltern geheiratet, und dann bin ich auch schon gekommen. Mein Vater ist ein ziemlich nerviger Typ, ich gebe es ja zu. Daß ich zum Beipiel in einer WG wohne, das ist für ihn so schlimm, als ob ich auf einer Müllhalde hause, und er hat mich auch noch nie besucht. Und daß Theo, der einzige Sohn, nicht heiratet und Kinder kriegt, das will er nicht begreifen. Ihm liegt so viel daran, daß der Familienname nicht ausstirbt. De la Cour – so heißt hier halt nicht jeder. Unsere Vorfahren sind irgendwann mal vor den Katholiken aus Frankreich geflohen, Hottentotten halt, Sie wissen schon.«

Ich schaffte es, meine Gesichtszüge vor dem Entgleisen zu bewahren, indem ich mir schnell die Nase putzte. Donald versteckte sein breites Grinsen, indem er sich ein weiteres Stück Kuchen ins Gesicht schob.

»Da gibt es noch was«, fuhr Svetlana fort. »Theo braucht regelmäßig Medikamente. Er ist Epileptiker.«

»Was bedeutet das konkret? Hat er Anfälle?« fragte ich. Wenn man von irgendeiner Sache nicht die leiseste Ahnung hat, ist es immer gut, nicht einfach danach zu fragen, sondern das Wort »konkret« zu benutzen, weil das immer so klingt, als wüßte man fast genau, wovon man spricht, und nur die Einzelheiten wären einem gerade entfallen. Meine Kenntnisse von Epilepsie waren sehr gering und beschränkten sich auf eine schwammige Vorstellung davon, wie Julius Cäsar sich vor Elisabeth Taylor – pardon, vor Kleopatra – auf dem Boden wälzte.

»Nein«, erklärte Svetlana, »nicht wenn er seine Medikamente regelmäßig nimmt und einen einigermaßen geregelten Tagesablauf einhält. Er darf nicht rauchen und Kaffee und Alkohol trinken und sowas. Aber seine Tabletten muß er täglich nehmen. Die sind verschreibungspflichtig.«

»Bestimmt geht er noch zum selben Arzt wie vor seinem Verschwinden«, meldete Donald sich zwischen zwei Bissen in den Marmorkuchen zu Wort,

»wenn er noch in der Umgebung von Essen wohnt, natürlich nur. Keiner wechselt gerne freiwillig einen Arzt, mit dem er zufrieden ist.«

»Mein Vater ist auch Arzt«, sagte Svetlana, »vielleicht kann er euch da helfen.«

Wir wurden von Felix unterbrochen, der aus seinem Kinderzimmer kam und Rosa mitschleppte.

»Mama, sie hat auf den Teppich geköttelt«, verkündete er stolz.

»Oh nein«, jammerte Svetlana und ließ vor Schreck ihre Kuchengabel fallen, die noch mit marmoriertem Gebäck und Sahne überhäuft war.

Ich hatte Aufregung gewollt? Mein Leben war zu langweilig geworden? Wenigstens hatte ich jetzt ein bis zwei häusliche Katastrophen am Hals.

Doch schließlich endete die Angelegenheit für mich eher glimpflich: Svetlana schrubbte den Teppich im Kinderzimmer, Donald schrubbte den Teppich im Wohnzimmer, und ich lehnte mich zurück und genoß auch mal ein Stück Kuchen, während Felix mir erzählte, wie klug die Ratte sei, daß man sie aber nicht anstelle der Computer-Maus benutzen könne – das hatte er nämlich ausprobiert.

Bald nachdem das Chaos behoben war, erklärte Svetlana, sie müsse aufbrechen. Wahrscheinlich war Rosas Inkontinenz ein Zeichen dafür, daß sie in die Heia mußte.

Ich bat Svetlana um ein Foto von ihrem Bruder, aber sie hatte keines dabei, und so vereinbarten wir, daß ich sie in den nächsten Tagen besuchen würde, um mir eins abzuholen. Sie ließ mir diverse Anschriften und Telefonnummern da, von Theos Geschäftspartner, den älteren de la Cours und Theos alter Wohnung. Das Abklappern dieser Adressen sollte in den nächsten Tagen genügend Unterhaltung für Donald und mich bringen. Außerdem würde ich mich wohl damit beschäftigen müssen, Felix klarzumachen, warum er keine Ratte bekommen konnte.

»Ich bin so froh, daß Sie mir helfen«, meinte Svetlana, als sie sich in meiner Diele wieder in ihren Parka zwängte, »ich konnte meinen Vater gar nicht so recht davon überzeugen, daß wir Theo suchen müßten, und meine Freunde konnten das auch nicht verstehen, daß ich wissen will, wo Theo ist und ob alles in Ordnung mit ihm ist. Sie meinen, er könne machen, was er will. Ich kam mir vor wie Don Camillo, wenn er gegen Windmühlen reitet, als ich versucht habe, sie zu überzeugen.«

»Uns hast du ja überzeugt«, sagte Donald, der noch ein bißchen bleiben wollte, damit wir unser Vorgehen planen konnten. »Wir werden ihn schon finden.«

Dein Wort in Peppones Ohr, dachte ich.

»Echt schön haben Sie es hier«, wiederholte sich Svetlana, als sie schon in der Tür stand und Rosas kleine Pfote in die Hand nahm, um Felix damit zum Abschied zuzuwinken, »gemütlich, aber nicht altmodisch. Was ist das für ein Bild da?«

Sie meinte einen Farbdruck von *Stadt an einem Fluß bei Sonnenuntergang*, der meine Dielenwand zierte.

»Das ist von Turner«, erklärte ich und wich der Ratte aus, die mich wohl zum Abschied küssen wollte.

»Echt, tatsächlich?« staunte Svetlana mit offenem Mund. »Ich dachte, die könnte nur singen, ich wußte gar nicht, daß die auch so gut malen kann. Oder ist es von Ike?«

Raus, Kind, dachte ich.

Während Svetlana auf der Straße vor meiner Wohnung laut krachend ihre Ente anließ, drehte ich mich zu Donald um und jammerte: »Wen hast du denn da angeschleppt?«

»Du wirst alt«, sagte er fröhlich und verputzte das letzte Stück Kuchen, »ich finde sie erfrischend.«

Er hatte einen Nerv getroffen. Ich flüchtete in Verbalattacken: »Hör doch auf, den Kuchen zu vernichten. Wie schaffst du das eigentlich, so dünn zu bleiben, obwohl du dauernd süßes Zeug in dich reinstopfst?«

»Viel Sex«, antwortete er.

»Da ist wohl eher der Wunsch der Vater des Gedankens«, entgegnete ich.

Er seufzte in gespielter Verzweiflung. »Du hast ja so recht. Darum, und weil ich mir natürlich auch Sorgen mache, ist es so wichtig für mich, daß wir Theo finden. Ich habe nämlich ein Auge auf ihn geworfen.«

»Fast wäre mir schon der Verdacht gekommen. Wie ist das eigentlich, war da mal was zwischen Theo und dir?«

»Nein.« Er lächelte. »Aber nicht, daß ich was dagegen gehabt hätte. Nur war an Theo nicht ranzukommen. Er war bei Rüdiger in mehr als festen Händen. Wir haben ja ein paar Jahre im selben Haus gewohnt. Du mußt dir das so vorstellen: oben in der Wohnung saßen Theo und Rüdiger bei Kerzenschein, hielten Händchen und guckten sich verliebt an. Unten in der Wohnung standen Andreas und ich, schrien uns an und beschmissen uns mit Geschirr.«

»Was hat das mit seinem Vater auf sich? Weißt du da was Genaueres?«

»Theo hat nicht gerne darüber geredet. Es gab zu Hause wohl immer nur Krach. Sein Vater ist der klassische Tyrann.«

»Und was war das mit dem Mord an seiner Mutter?«

»So viel weiß ich auch nicht, aber es war wohl so, daß Theo und seine Mutter im eigenen Haus überfallen worden sind. Seine Mutter wurde erstochen, und ihn haben sie zusammengeschlagen, obwohl er sich später an nichts mehr erinnern konnte. Man hat ihn ziemlich zusammengepappt in der Küche gefunden.«

»Ich finde es komisch, daß jemand verschwindet, in dessen Familie schon mal so ein Verbrechen geschehen ist.«

»Wieso schon mal? Meinst du, daß jetzt wieder ein Verbrechen geschehen ist?«

»Es ist komisch, daß er einfach so verschwunden ist. Paßt das zu ihm?«

Donald zuckte mit den Schultern. »Vor zwei Jahren hätte ich nein gesagt. Aber er hat sich seit Rüdigers Tod sehr verändert! Wir wollten ihm alle helfen, aber er hat uns abgewiesen, keinen an sich herangelassen.«

»Und Rüdiger, was war das für ein Typ? Wo hat er gearbeitet?«

»Wenn ich ihn neutral gesehen hätte und nicht die Hälfte der Zeit eifersüchtig auf ihn gewesen wäre, würde ich sagen, er war ein ganz ruhiger, entspannter Typ. Aber so sag ich, er war ein ziemlicher Langweiler.«

»Bestimmt steht Theo auf Langweiler«, vermutete ich.

Er warf mir einen warnenden Blick zu. »Rüdiger war beim RWE. Schon seit einiger Zeit. Er hat zum Schluß auch ganz schön gut verdient, wie Theo auch. Rüdiger und Theo haben sich vor ungefähr sechs Jahren kennengelernt, seitdem wohnten sie zusammen.«

»Gut«, nickte ich, »wie sieht es aus auf dem Finanzamt? Hast du gerade viel zu tun, oder können wir am Montag nach der Arbeit mit unseren Nachforschungen anfangen?«

»Ich bin dabei. Die Leute haben ihre Steuern alle pünktlich gezahlt, also schickt mich meine Chefin nicht nach Feierabend noch mit den Daumenschrauben raus, um unseren Forderungen den nötigen Nachdruck zu verleihen. Wo wollen wir zuerst hin?«

»Vielleicht sollten wir da anfangen, wo alles angefangen hat. Bei seinen Eltern. Was hältst du davon, Bunter?«

»Exzellent, mein Lord. Sprechen wir mit seinen Eltern.«

Es war später Nachmittag, draußen war es schon lange dunkel. Eine Salve Regen knallte gegen die Fensterscheibe.

»Jedenfalls, so weit sie noch über der Erde zu erreichen sind«, setzte Donald nach.

Der Sonntag dient dem Kirchgang. Ich machte mich aber zudem noch nützlich, indem ich eine einfache Standardpostkarte nahm, meine Adresse als Absender eintrug und die alte Anschrift von Theo als Empfängeradresse. Ich hoffte, so herauszufinden, ob Theo sich die Mühe gemacht hatte, einen Nachsendeauftrag einzurichten, oder ob er mit seiner Vergangenheit so gebrochen hatte, daß er auch keine Post mehr erhalten wollte.

Ich überlegte mir, ob ich die 80 Pfennig Porto, die ich für diese Aktion investieren mußte, meiner Spesenabrechnung für Svetlana de la Cour beifügen sollte, beschloß dann aber großherzig, darauf zu verzichten. Das lag nicht zuletzt daran, daß ich viel zu faul war, buchhalterisch tätig zu werden.

Es war ein normales Küchenmesser, lang, spitz, mit einem schwarzen hölzernen Schaft, zum Fleischschneiden. Er stand vor den halbhohen Einbauschränken und schnitt das Fleisch in kleine Streifen, während sie neben ihm an der Spüle beschäftigt war.

Am Abend vorher hatten sie sich wieder unten im Wohnzimmer gestritten, und er hatte sie oben in seinem Zimmer gehört. Wie so oft zuvor war sie schließlich in Tränen ausgebrochen und die Treppe hinaufgelaufen. Sie hatte leise die Tür zu seinem Zimmer geöffnet und gehorcht, ob er auch schlief. Die beiden waren so dumm, sie glaubten tatsächlich, er würde von ihren Kämpfen nichts mitbekommen.

Auch jetzt, am Tag danach, war sie noch still und blaß und mit sich selbst beschäftigt.

Und so merkte sie zunächst nichts von seiner Angespanntheit und Nervosität, die er schon seit Stunden fühlte, und die er sich gar nicht erklären konnte.

2.

Essen hat nur etwa 650.000 Einwohner, und ständig werden es weniger, was sich auch nicht ändern wird, solange wirklich verdiente Bürger wie Otto Rehhagel, Marianne von Weizsäcker und Anja Kruse in noblere Gegenden abwandern. Es sollte Donald und mir doch wohl möglich sein, unter dieser geringen Zahl von Menschen den zu finden, den wir suchten – vorausgesetzt natürlich, er war noch in der Stadt.

Ich hatte mein ganzes Leben in Essen verbracht, die Kindheit in Bergeborbeck und das Erwachsenendasein in Stadtwald, wo die Familie meines inzwischen verstorbenen Ex-Mannes lebte. Nach meiner Scheidung mochte ich aus dem Viertel natürlich nicht mehr wegziehen, und so wohnte ich mit Felix im ersten Stock eines schmucken Drei-Familien-Hauses in Waldnähe. Vormittags fuhr ich zum Broterwerb in eine kleine Werbeagentur in die Innenstadt, wo ich als Grafikerin arbeitete. Von dem Geld, das ich für diesen Halbtagsjob bekam, hätten wir allein nicht leben können, aber Felix und ich hatten einiges geerbt, und die Wohnung gehörte uns sowieso, so daß ich mir zumindest über die Miete nie den Kopf zerbrechen mußte. Neben allem anderen hatte mir mein Ex auch seinen Jaguar XJ 12 vermacht, ein weinrotes Exemplar mit jeder erdenklichen Sonderausstattung. Zuerst hatte ich das Auto sofort verkaufen wollen, aber nachdem mein eigener französischer Kleinwagen nach einem Auffahrunfall das Prädikat »schrottreif« erhalten hatte, entschloß ich mich dann doch, den Jaguar zu behalten.

Wie ich bald feststellen konnte, hatte das Fahren einer solchen Luxuskarosse die witzige Begleiterscheinung, daß sich infantile Gemüter, die meinten, die Güte eines Menschen nach der Größe seines Autos beurteilen zu müssen, stark davon beeindrucken ließen. So ein Typ war zum Beispiel Lothar Osieck, mein neuer Nachbar aus der Parterrewohnung in unserem Haus, der nie ohne seine Ferrari-Krawattennadel zur Arbeit ging. Zu seinem großen Kummer konnte er sich aber selbst nur einen BMW leisten. Den hatte er zwar mit einem imposanten Heckspoiler ausgestattet, aber gegen den Reiz einer Kühlerfigur kam er damit einfach nicht an.

Direkt nach seinem Einzug vor ein paar Monaten war Osieck bei mir vorstellig geworden, um mich zu fragen, ob ich ihm nicht meinen Garageneinstellplatz verkaufen wollte. Offensichtlich dachte er, ich als Frau hätte einen kleineren Wagen, der nicht unbedingt in die Garage müßte.

»Ich habe nämlich einen BMW«, erklärte er mit gönnerhaft bescheidenem Lächeln.

»Wir haben aber einen Jaguar«, antwortete Felix, bevor ich selbst irgendwas sagen konnte. Ich hasse es, wenn er angibt, aber dieses Mal ließ ich es durchgehen. Osiecks verblüfftes Gesicht rechtfertigte jede Prahlerei. Mit einem Schlag stieg ich in seinem Ansehen um Etagen, während er selbst in meiner Achtung in den Keller verschwand.

Ich ließ den Wagen ganz gerne in der Garage und fuhr meistens mit dem City-Express-Bus in die Stadt zur Arbeit, aber während unserer Suche nach Theo würde der Jaguar wohl wieder verstärkt zum Einsatz kommen. Zum Beispiel bei unserem anstehenden Besuch bei Theos Eltern.

Wir hatten uns für den Montag abend verabredet, um Herrn Dr. de la Cour und Frau de la Cour II. unsere Aufwartung zu machen. Höflich wie ich bin, hatte ich am Abend zuvor angerufen und unser Erscheinen angekündigt, damit man uns nicht für Zeugen Jehovas halten und an der Tür abweisen würde. Außerdem gab das den beiden Zeit, zu überlegen, ob sie uns lieber den Krimsekt oder doch den badischen Südhang 1879 anbieten wollten.

In der Nacht war das Wetter umgeschwungen, und vom Regen des Wochenendes war nichts übriggeblieben. Statt dessen hatte es die ganze Nacht gefroren, und auch als ich am Mittag von der Arbeit kam, lagen die Temperaturen noch unter Null. Die Stadt zeigt im Winter ihr häßlichstes Gesicht, und ich freute mich, als ich nach meinem Arbeitsende der Innenstadt entfliehen und nach Hause fahren konnte.

Der Stadtwald ist wegen der schmucken Häuser und der Grünflächen einer der wenigen Stadtteile, die auch im November noch einigermaßen erträglich sind. Weil ich ja nur halbtags arbeitete, war es sogar noch hell, als ich zu Hause eintraf.

Am späten Nachmittag brachte ich Felix zu seiner Oma und fuhr dann nach Rüttenscheid, um Donald abzuholen. Ich fand natürlich keinen Parkplatz vor seinem Haus und drehte Runden um den Block, bis er herunterkam und sich auf den Beifahrersitz plumpsen ließ.

»Wir in Rüttenscheid sind mobil«, erklärte er mir, »wir parken nicht. Wer rastet, rostet.«

»Ihr seid ein eingebildeter Schicki-Micki-Stadtteil«, erwiderte ich.

»Das kann schon sein«, sagte er zufrieden. »Darum gehöre ich ja auch hier hin. Wo die schönen Leute sind.«

»Auf der Rüttenscheider kaufen nur Leute ein, deren Geld nicht reicht, um nach Düsseldorf auf die Kö zu fahren«, entgegnete ich.

Er nickte. »Ja, das stimmt. Alle armen Schlucker aus Essen kommen hierher und verderben mit ihrem schlechten Benehmen die Stimmung. Wir Rüttenscheider fahren zum Einkaufen immer nach Mailand, da bleibt man vom Pöbel verschont.«

»Bringst du mir von deinem nächsten Shopping-Trip was mit?«

»Klar. Was soll's denn sein? Chanel No 5? Ich nehme gleich eine Literflasche, die großen Mengen sind günstiger. Man ist ja sparsam. Sag mal, kennst du überhaupt den Weg zu den de la Cours?«

»Sicher. Alfredstraße, rein nach Werden, rauf auf

den Berg. Ich habe auf der Karte nachgesehen. Das Haus ist bestimmt abgelegen. Weißt du, ob es noch das Haus ist, in dem Theo als Kind gewohnt hat?«

»Soviel ich weiß, ist es das.« Donald begann, sich am CD-Spieler des Jaguars zu schaffen zu machen. »Was hast du denn für eine Platte aufgelegt? Nein, nicht schon wieder das!«

»Das« war eine CD von Al Bano und Romina Power. Donald hielt sie zwischen seinen Fingerspitzen wie eine dreckige Windel. »Das ist seelische Grausamkeit. Du weißt genau, daß ich mitfahre, und trotzdem nimmst du sowas mit.«

»Ich höre sie nun mal gerne«, verteidigte ich mich.

Donald zog laut hörbar die Luft durch die Zähne ein. »Schämst du dich nicht? Sowas sagt man nicht, noch nicht mal im Spaß. Sind wir bald da?«

»Wenn du weiter so drängelst, fahre ich einen Umweg und höre mir dreimal *Felicita* an«, drohte ich.

Wir überquerten die Ruhrbrücke in Werden und begannen, den kurz dahinterliegenden Anstieg hinaufzufahren. Werden ist eine edle Wohngegend, gerade richtig für Ärzte. Deshalb gibt es auch zwei Krankenhäuser, die direkt nebeneinander liegen, ein evangelisches und ein katholisches. Komischerweise bin ich in diesem evangelischen Krankenhaus geboren worden – obwohl meine Mutter katholisch und meine damalige Heimat von Werden räumlich vierzehn Kilometer und finanziell Lichtjahre entfernt war. Möglicherweise fürchtete meine Mutter, als Ledige nicht ins katholische Krankenhaus gelassen zu werden, und wahrscheinlich hatte sie ihrem Kind wenigstens einmal in seinem Leben etwas bieten wollen.

»Ist dir eigentlich aufgefallen«, fragte Donald und

hob seine Füße hoch, bis sie gefährlich nah ans Armaturenbrett kamen, »daß ich mich für unseren Besuch extra elegant angezogen habe?«

»Schwarze Turnschuhe? Keine bunten mehr? Was ist denn in dich gefahren?«

»Na ja, mit dem Alter werde ich halt ein bißchen seriöser.«

»Ich merke das schon. So wie du jetzt angezogen bist, mit diesen Schuhen, dem Ringelpullover und der Jeansjacke, könntest du glatt in die Oper gehen. Du solltest dir nur noch überlegen, dich von deinen Ohrringen zu trennen.«

»Das würde ich nicht übers Herz bringen. Oh, wir sind da. Hier muß es sein.«

Wir waren am Ende einer mit Einfamilienhäusern gesäumten Sackgasse angekommen. Die Straße endete in einem Wendehammer, dahinter schloßen sich, soweit ich das in der Dunkelheit erkennen konnte, Felder und ein kleines Waldstückchen an. Das Haus der de la Cours stand abseits, bestimmt 100 Meter von den nächsten Nachbarn entfernt. Auf dem Namensschild an der kleinen Steinpforte, die das Gartentor vom Jägerzaun trennte, stand *Dr. med. Josef W. de la Cour*. Ich habe meinen Zweitnamen auch eine Zeitlang abgekürzt, weil ich es schick fand. Da war ich, glaub ich, vierzehn.

Ich klingelte. Während wir warteten, sagte Donald: »Scheint ja ein ziemlicher Schuppen zu sein. Das Grundstück alleine ist ja schon riesig, und ich wette, die Doppelgarage ist randvoll mit teurem Blech gefüllt. Schrecklich, daß man mit dem Leid anderer Leute so viel Geld verdienen kann.«

»Er wird dir sagen, daß er es dadurch verdient, daß er ihnen hilft.«

»Ach was. Da gibt es einen Aufsatz von Orwell,

wo er sagt, daß Ärzte nur Ärzte geworden sind, um ihren Sadismus zu befriedigen. Da hat er völlig recht, finde ich.«

Es wurde aufgedrückt, und im selben Moment leuchteten mehrere kleine Lampen im Garten auf, die uns den Weg zur Haustür wiesen, wo zwei Gestalten auf uns warteten.

»Sie hätten wenigstens ein Auto zum Tor schicken können, um uns abzuholen«, zischte Donald. »Das ist ja noch ein Marathonlauf bis zur Haustür.«

»Vielleicht ging das nicht, weil montags der Chauffeur Ausgang hat. Und jetzt benimm dich! Wir wollen schließlich, daß diese Leute uns helfen.«

Dr. de la Cour und seine Frau standen in der Haustür und empfingen uns höflich reserviert. Ich schätzte Dr. de la Cour auf Anfang Sechzig, seine Frau war etwa zehn Jahre jünger. Er war nicht allzu groß und eher dünn, fast knöchig. In seinem Gesicht war zwischen Haut und Knochen kaum Fleisch, und er hatte nur noch wenige Haare, trug eine randlose Brille, und seine Augen waren fast farblos. Er erinnerte mich ein bißchen an eine Schildkröte, die ihren faltigen Kopf aus ihrem Panzer streckt. Unterstützt wurde dieser Eindruck noch dadurch, daß er seinen Kopf etwas ruckartig drehte und wendete. Erst bei näherer Betrachtung stellte ich fest, daß er blasse Fleckchen im Gesicht hatte, die zu früheren Zeiten mal Sommersprossen gewesen sein mußten. Aber inzwischen war kein Fleckchen Farbe in seinem Gesicht zurückgeblieben.

Frau de la Cour war ein zurückhaltender Typ und beschränkte sich darauf, tapfer zu lächeln und hin und wieder ihre Hand bewundernd auf den Unterarm ihres Mannes zu legen. Sie war ähnlich bleich wie er. Obwohl ihre stark angegrauten Haare mal feuerrot gewesen sein mußten und sie es nicht geschafft hatte, ihre Sommersprossen komplett wegzupudern. Sie war so stark gekalkt, daß ihr Lippenstift, der wohl einen farbigen Kontrast setzen sollte, deplaziert wirkte wie eine Wunde. Zudem hatte sie einiges davon auf ihre Zähne geschmiert – einer der Gründe, warum ich nie Lippenstift trage. Frau de la Cour trug ein Dirndl. Sehr passend für diese Jahreszeit und unsere Gegend.

Die beiden führten uns durch eine fußballfeldgroße Halle in ein Wohnzimmer, in das der Petersdom womöglich nicht ganz gepaßt hätte. Wahrscheinlich benutzten sie zum Fernsehen Operngläser, denn das Gerät stand in der einen Ecke, die Sitzgruppe, wo wir uns niederließen, in der anderen. Immerhin war das Feuer im offenen Kamin stark genug, um den gesamten Raum zu erwärmen. Vielleicht war es ja atomgetrieben. Ein paar Hirschgeweihe hingen über dem Kamin. Wie unpassend für einen Arzt! Er hätte besser die Köpfe seiner berühmtesten Patienten ausstopfen sollen: Und hier der Kommerzienrat Dr. Soundso, der nach seiner 17. Bypassoperation unter meinen Händen verstarb …

Während ich noch überlegte, wieviel bosnische Flüchtlingsfamilien in diesem Wohnzimmer Platz finden könnten, räusperte sich der Doktor. Seine Stimme war eher leise und etwas heiser. Ich hatte das Gefühl, das sei ein Trick: Leise sprechen, damit die Leute auch wirklich auf das hörten, was er sagte.

»Frau Wenger«, begann er. Er sprach zu mir, nicht zu Donald. Das lag vermutlich an meiner würdevollen Erscheinung, die allen Leuten automatisch Vertrauen einflößt. »Unsere Tochter hat uns bereits erzählt, worum sie Sie und Ihren Freund gebeten hat. Was genau gedenken Sie zu unternehmen?«

Ich dachte, ich könnte ruhig mal ein bißchen angeben, um Eindruck zu schinden. »Wir werden verschiedene Privatpersonen ansprechen, aber die wichtigste Hilfe versprechen wir uns von verschiedenen Institutionen, vor allem von der Kriminalpolizei. Ich habe in dieser Richtung gute Beziehungen. Aber vielleicht können Sie uns ja auch schon weiterhelfen.«

»Auch uns ist es ein Rätsel, wohin Theo verschwunden sein könnte. Ich muß allerdings der Fairneß halber hinzufügen, daß ich zu Theo in den letzten Jahren keinen guten Kontakt hatte«, erklärte de la Cour. Seine Frau schloß die Augen und nickte schmerzerfüllt.

»Trotzdem hat er Sie vor nicht allzulanger Zeit aufgesucht?« fragte ich.

Er nickte. »Ja, das war in der Zeit nach des Tod seines... seines...«

Donald grinste breit.

»... seines sogenannten Lebensgefährten«, fuhr der Doktor fort. Frau Doktor seufzte derweil schicksalsergeben und ließ ihren Blick aus blauen Porzellanaugen in unbekannte Fernen schweifen, möglichst in Fernen, wo es es nichts Unaussprechliches gab.

»Ich weiß nicht, ob Ihnen unsere Tochter gesagt hat, daß Theo, sehr zu meinem Bedauern, homophilen Neigungen nachgeht«, sagte de la Cour.

»Was für vielen Neigungen?« fragte Donald mit unschuldigem Blick.

Während ich einen Niesanfall vortäuschte und mein Gesicht hinter meinem Taschentuch versteckte, hörte ich, wie Frau de la Cour mit leiser und zitternder Stimme sagte: »Ja, schrecklich, nicht? Ich wollte es zunächst nicht wahrhaben, aber Josef – das ist mein Mann – hat Theo schließlich direkt darauf angesprochen, und Theo ist sehr ausfallend geworden und hat gesagt, das ginge uns nichts an und –«

»Das gehört hier hier nicht hin, Grete«, unterbrach sie ihr Mann.

Seine Grete blickte zunächst beschämt auf den Boden und lächelte ihn dann wieder an. Ob sie auch Männchen machen konnte?

»Worüber hat denn Theo mit Ihnen gesprochen, als er hier war?« wollte ich wissen.

»Über die Vergangenheit«, antwortete er. »Er wollte wissen, ob ich noch alte Erinnerungsstücke aus seiner Kindheit habe, die er sich dann ansehen wollte. Fotos, Schulhefte, Kinderzeichnungen und dergleichen. Vor allen Dingen wollte er über seine Mutter sprechen. Vielleicht wissen Sie, daß sie vor dreiundzwanzig Jahren ermordet wurde – ein Ereignis, das Theo damals völlig aus der Bahn geworfen hat.«

»Sie nicht?« fragte ich.

»Ehem – doch, natürlich. Aber die Wirkung ist halt doch etwas anders bei einem erwachsenen Menschen als bei einem Teenager an der Schwelle zur Pubertät.«

Ich verstand schon. Ein Halbgott in Weiß bewahrt halt immer Fassung. Der anhimmelnde Blick seiner derzeitigen Frau zeigte, wie sehr sie ihn für seine Fels-in-der-Brandung-Haltung bewunderte. Ob er wohl um sie weinen würde?

De la Cour begann einen längeren Monolog über Theo, dessen Kindheit und Entwicklung zu halten. Es war eine einzige Ansammlung von Prüfungen gewesen, die er um Theos willen hatte durchmachen müssen. Ich hörte nur mit einem Ohr zu. Ich beobachtete, wie Donald mehr als einmal ein Gähnen unterdrückte. Grete huschte währenddessen hinaus und verschwand in der Diele. Offensichtlich telefonierte sie, denn ich hörte sie leise sprechen. Schließlich kam sie genauso lautlos, wie sie gegangen war, wieder zurück und nahm ihren alten Platz ein. Ihr Mann redete immer noch.

Als de la Cour eine kurze Atempause einlegte, stieß ich sofort dazwischen: »Svetlana sagte, Theo sei Epileptiker. Wissen Sie vielleicht, bei welchem Arzt er deshalb in Behandlung ist?«

»Selbstverständlich. Gleich nachdem die Grand-Mal Anfälle begannen, als Theo ein Jugendlicher war, habe ich ihn zu Doktor Hohm geschickt, einem Experten auf diesem Gebiet und Freund der Familie. Theo braucht regelmäßig Phenytorin. Wenn er es absetzen würde, könnte es zu einem Provokationseffekt und neuen Anfällen kommen. Nun, als ich kürzlich privat mit Dr. Hohm sprach« – wahrscheinlich im Golfklub auf der anderen Seite des Baldeneysees – »erwähnte er mir gegenüber, daß Theo nicht mehr bei ihm in Behandlung sei. Er hat offensichtlich alle seine medizinischen Unterlagen zu einem anderen Arzt transferieren lassen, einem gewissen Dr. Bonnes, den ich nicht kenne.« De la Cours Stimme klang mißbilligend. Die Kinder machten auch, was sie wollten.

»Wissen Sie, warum er das gemacht haben könnte?« fragte ich.

»Nein. Ich finde es sehr bedauerlich. Theo braucht gute Betreuung. Mit dieser Krankheit ist nicht zu spaßen. Schon die große psychologische Unruhe, in der er sich offenbar in letzter Zeit befand, könnte neue Anfälle hervorrufen. Wenn er jetzt auch noch die Dauermedikation wechseln sollte...«

Seine Frau seufzte erneut, als malte sie sich die schrecklichen Möglichkeiten gedanklich in allen Farben aus.

»Wissen Sie vielleicht, wo Theo Unterschlupf gefunden haben könnte? Hat er Zugang zu einer Ferienwohnung oder etwas Ähnlichem?« wollte ich wissen.

De la Cour schüttelte den Kopf. »Ich will nicht nein sagen«, antwortete er, »weil Theos Leben in den letzten Jahren vor mir so verborgen war, daß vieles geschehen sein kann, von dem ich nichts weiß.«

»Hat er vielleicht Kontakte zu Verwandten, bei denen er früher schon mal übernachtet hat? Wo Platz für ihn wäre, Leute, denen er vertraut?«

»Nicht, daß ich wüßte. Mein Bruder und seine Familie wohnen auch in Essen. Sie hätten uns längst Bescheid gesagt, wenn Theo bei ihnen wäre.«

Donald war aufgestanden und begutachtete die Plattensammlung im Regal hinter uns. Zum ersten Mal kam mehr als ein Fünkchen Leben in Grete. Sie stellte sich neben ihn und begann, auf ihn einzureden.

»Ich höre am liebsten Mozart, aber Josef–«

»Gibt es sonst noch Verwandtschaft?« fragte ich de la Cour.

»–das ist mein Mann, also er mag Mozart nicht...«

»Lediglich Ilse, die Tochter aus erster Ehe meiner Frau. Sie hatte zu Theo schon immer wenig Kontakt. Wir sind eine relativ kleine und eng verbundene Familie. Leider hat Theo diese Tradition des Zusammenhaltes lediglich in Bezug auf Svetlana fortgesetzt und den Rest der Familie links liegengelassen.«

»... weil er ihn zu einfach findet, zu verspielt und frivol...«

»Vielleicht ist er bei jemandem aus der Familie Ihrer verstorbenen ersten Frau?«

»... er findet, es mangelt Mozart an Tiefe...«

»Keinesfalls. Der Kontakt zur Familie meiner verstorbenen Gattin ist schon vor ihrem Tod abgebrochen. Theo kennt da niemanden mehr. Man hielt sich da wohl immer für etwas Besseres und hatte wenig Interesse, mit uns zu verkehren. Nachdem wir unsere eigene Familie gegründet hatten, sind die Verbindungen sehr bald abgerissen. Die Familie meiner verstorbenen Gattin war sehr vermögend, und meine Gattin hat einen großen Teil davon in dieses Haus und meine Praxis gesteckt. Nach unserer Hochzeit hat jemand aus ihrer Verwandtschaft das übrige Geld beim Glücksspiel verloren. Wenigstens hatte er den Anstand, sich danach aufzuhängen. Ich habe keinen Wert darauf gelegt, weiterhin mit diesen Leuten zu verkehren.«

»... aber ich höre ihn sehr gern. Mögen Sie auch Mozart?«

»Mozart ist schon nicht schlecht«, sagte Donald, »aber ich höre am liebsten Ska.«

Frau de la Cour hielt sich den Mittelfinger vor den Mund. »Oh, ich fürchte, von dem habe ich nichts«, hauchte sie.

Wir brachen bald danach auf. Immerhin hatten wir erfahren, bei welcher Praxis Theo in Behandlung war. Vielleicht kreuzte er da hin und wieder auf, um sich ein Rezept abzuholen.

»Bitte bringen Sie Theo wieder zurück, wenn Sie ihn finden sollten«, meinte de la Cour zum Abschied. »Er sollte alt genug sein, um zu wissen, daß man durch Weglaufen keine Probleme löst.«

»Ärzte sind meine Lieblingstiere«, stöhnte Donald, als wir wieder im Wagen saßen.

3.

Ich rief noch am selben Abend Hauptkommissar Schafstall in Düsseldorf an. Wir hatten uns anderthalb Jahre zuvor bei der eher traurigen Aufgabe kennengelernt, die sterblichen Überreste meines Ex-Mannes zu identifizieren, aber seitdem hatte sich unsere Beziehung stetig verbessert.

Wir telefonierten häufig, trafen uns aber nur selten, was nicht zuletzt daran lag, daß Schafstall mich nicht bei mir zu Hause besuchen wollte, weil er Angst davor hatte, daß Felix ihm über den Weg laufen könnte. Die Vorstellung, sich mit einem Kind unterhalten zu müssen, machte ihn, wie er selbst zugab, kribbelig. Bei den Gelegenheiten, wo die beiden sich tatsächlich begegnet waren, hatte Felix dem Polizisten durchaus Grund zur Nervosität gegeben – mit bohrenden Fragen wie »Wieviel Leute haben Sie schon erschossen?«, »Warum haben Sie so einen komischen Namen?« und »Wollen Sie meine Mutter heiraten?«

Also trafen wir uns meistens auswärts zum Essen. Unsere Bekanntschaft spielte sich auf rein hochgeistiger Ebene ab. Manchmal war Donald bei unseren Treffen mit von der Partie, manchmal waren Schafstall und ich allein. Ich unterhielt mich gern mit ihm, und ich hatte ihm schon ein paar Dinge anvertraut, die ich sonst niemandem erzählt hatte, teilweise, weil ich keine weibliche Vertraute mehr hatte, teilweise, weil er ein guter und ernster Zuhörer war. Ich war froh, hin und wieder mit jemandem reden zu können, der von meinem Alltagstrott etwas entfernt war, und er war wohl ebenso froh, Kontakt zu jemandem außerhalb seines Berufsfeldes zu haben. Er war ein ziemlich einsamer Mensch, der seine meiste Zeit seinem Beruf widmete.

So erreichte ich ihn auch an diesem Abend nicht zu Hause, sondern in seinem Büro. Ich erzählte ihm, worum Svetlana Donald und mich gebeten hatte.

»Das ist wirklich keine Sache für die Polizei«, meinte er, nachdem ich mit meinem Bericht zu Ende war. »Jeder kann wegziehen, wie er will. Er ist schließlich erwachsen. Er ist nicht im eigentlichen Sinne vermißt – schließlich ist er nicht plötzlich verschwunden, sondern hat seine Wohnung gekündigt. Allerdings müßte er dem Einwohnermeldeamt seine neue Anschrift melden – falls er noch in Deutschland ist.«

»Könnten Sie das vielleicht für mich rausfinden – ob er irgendwo gemeldet ist?«

»Hm. Da gibt es Wege. Natürlich keine offiziellen...«

»Mein immerwährender Dank ist Ihnen gewiß.«

»Kann ich den von der Steuer absetzen?«

»Da fragen Sie besser Herrn Dack. – Da ist noch etwas.« Ich erzählte ihm vom Mord an Theos Mutter.

»Das ist jetzt schon so lange her, meine Informationen darüber sind spärlich. Dr. de la Cour hat nicht viel darüber geredet. Ich weiß nicht, ob es da noch eine alte Akte gibt...«

Pause.

Dann sagte er: »Das kann etwas dauern. Ich muß den Vorgang anfordern. Oder ich könnte den alten Breukmann anrufen. Der müßte zu dieser Zeit in Essen gewesen sein, vielleicht weiß er was von dem Fall.«

Ich faßte meine Dankbarkeit in Worte, die so schlicht und einfach waren, daß sie zu Zsa Zsa Gabor gepaßt hätten.

Bevor wir auflegten, gab mir Schafstall noch eine Warnung mit auf den Weg: »Sie sollten nicht vergessen, daß de la Cour nicht darum gebeten hat, daß man ihn sucht. Ganz im Gegenteil. Es könnte ihm unangenehm sein, wenn Sie ihn finden. Man läßt seine Freunde nicht im unklaren darüber, wo man bleibt, wenn man nur etwas Ruhe braucht, um zu sich zu finden. Vielleicht will er gar nicht, daß man ihn findet. Auf mich macht sein Verschwinden fast den Eindruck einer Flucht. Ich weiß nicht, wovor er flieht, wovor er Angst hat. Aber wenn er einen Grund hatte zu fliehen, dann wäre ich etwas vorsichtiger mit meinen Untersuchungen.«

Ich nahm seine Worte nicht so ernst. Aber inzwischen habe ich einiges dazugelernt: Im nächsten Leben wird immer auf die Polizei gehört.

Er gab sich Mühe, sich auf seine Aufgabe zu konzentrieren, aber es fiel ihm schwer. Er hörte Geräusche und sah Farben, die sie offensichtlich nicht wahrnahm. Ihm war schwindelig. Schließlich merkte auch sie, daß mit ihm etwas nicht stimmte.

»Was ist los?« fragte sie. »Du bist völlig bleich. Ist dir zu heiß?«

Er schüttelte den Kopf. »Ich weiß nicht.«

»Willst du dich nicht besser hinsetzen?«

Er wollte ihr gerade antworten, daß das nicht nötig sei, und er umklammerte das Messer fester, als es plötzlich anfing.

4.

Ich gehe ganz gerne zum Zahnarzt. Meistens tut er mir nicht weh. Das kann man von Frisören leider nicht sagen. Ich habe keine Angst vor dem Fliegen.

Ich bin mir immer völlig sicher, meinen Sitz wieder heil zu verlassen. Beim Frisör habe ich dieses Gefühl der Sicherheit sehr selten. Es macht mir nichts aus, wenn im Kaufhaus die Kassiererin vergißt, das Sicherungsetikett von meinen Waren abzumachen, und ich beim Verlassen der Kassenzone ein schrilles Alarmpfeifkonzert hervorrufe. Die Pein ist nichts im Vergleich zu dem, was ich empfinde, wenn ich zum ersten Mal die Straße betrete mit der neuen Frisur, von der der Coiffeur meint, daß sie mir doch so gut stünde (»Sowas ist natürlich nichts für jeden, Frau Wenger, aber Sie als selbstbewußte junge Frau…«).

Frisöre haben mir – natürlich in bester Absicht – ein Ohrläppchen eingeschnitten, den Hals angesengt und die Kopfhaut verätzt. Zudem bin ich bei ihnen ständig seelischen Grausamkeiten ausgesetzt. Einmal mußte ich mir wehr- und bewegungslos, während eine scharf riechende Brühe von den auf meinem Kopf eingerollten Lockenwicklern auf meine Nase tropfte, fünfzehn Minuten lang die gesammelten Geburtserlebnisse meiner betagten Sitznachbarin anhören: »Also bei meinem ersten Kind gab es überhaupt keine Wehen – überhaupt keine! Sowas hatten die Ärzte noch nie gesehen! Es machte einfach schwupp, und da war er. Und meine Tochter wollte überhaupt nicht kommen. Nach neun Monaten war sie noch nicht da, nach zehn Monaten noch nicht, und erst nach elf Monaten, als der Arzt gedroht hat, daß er sie mit der Zange holen würde, da kam sie dann. Heute ein völlig gesundes Kind von dreiundvierzig Jahren.« Ich beobachtete währenddessen die auf meine Nase platschende Brühe und sehnte mich nach Felix' Geburt zurück. Das war eine ruhige und entspannte

Übung gewesen im Vergleich zu dem Frisörbesuch, wo man mich unter der auf Höchststufe sengenden Trockenhaube vergessen hatte.

Kurz gesagt: ich gehe nur zum Frisör, wenn es sich absolut nicht mehr vermeiden läßt oder wenn die Pflicht ruft. Und die Pflicht hatte Donald und mich am Dienstag mittag in Stefan Konietzkas Salon getrieben.

Ich kannte Stefan schon von Donalds letzter Geburtstagsfeier, wo wir beide unter den Gästen gewesen waren. Ich hätte mich natürlich nicht mit ihm unterhalten, wenn ich damals schon gewußt hätte, daß er Frisör war.

Er und Theo hatten in einer Nebenstraße zur Rüttenscheider ihren Salon. Außer Stefan schnitten, bogen und frästen dort noch zwei Frauen und ein anderer Mann den Leuten auf den Köpfen herum. Der Laden trug Stefans Namen. Die Inneneinrichtung war neu, bunt und schrill. An den Wänden hingen ein paar Kandinskys und Delaunays, die in ihrer bunten Unverbindlichkeit so aussahen, als wären sie nur für Frisörsalons oder Werbeagenturen gemalt worden.

»Das war Theos Idee mit den Zerrspiegeln an der Decke«, erklärte Stefan, während er mir mein Lätzchen umlegte. »Es gibt Leute, die kommen extra alle zwei Tage zum Waschen, nur weil sie sich dann zurücklehnen und ihr verzerrtes Bild an der Decke bewundern können. Das macht dicke Leute dünn und kleine Leute groß. Und für die Veränderung der Frisur sorge dann ich.«

Wir waren übereingekommen, daß ich den Besuch nutzen würde, um mir gleich die Spitzen nachschneiden zu lassen. Donald meinte, wenn ich mich schon mal in ein Haarschneideetablissement trauen würde, könnte ich auch gleich aufs Ganze gehen. Während

Stefan das Wasser zum Haarewaschen vorbereitete, lehnte sich Donald mit sadistischem Grinsen und verschränkten Armen an einen Spiegel.

Stefan musterte ihn gründlich. »Du bist wieder grauer geworden, Donald. Du solltest mit diesem Problem zu mir kommen«, sagte er.

»Ich hab kein Problem«, antwortete Donald. »Ich werd lieber ein bißchen grau, bevor ich so ausseh wie du.«

Stefans Kopf zierte eine dreifarbige Haarpracht: Rot in der Mitte, Gelb an den Seiten und Grün an einer Strähne, die bis in den Nacken wuchs.

»Ts, ts, hat man sowas schon gehört. Ist das Wasser warm genug, Veronika?«

»Sehr schön. Welche Haarfarbe hatte eigentlich Rüdiger?«

»Braun«, gab Donald Auskunft.

»Ein Pluspunkt für dich, Engelchen«, meinte ich. »Es sei denn, daß Theo jetzt zur Abwechslung mal was Blondes will.«

»Tu sie unter die Haube«, sagte Donald zu Stefan, »bis sie gar ist. Dann flechte ich sie auf einen Lockenwickler und kneife ihr die Finger einzeln mit einer Brennschere ab.«

»Kinder, streitet euch nicht. Ist das Wasser noch gut, Veronika?«

»Ja.«

»Macht es dir was aus, wenn ich zwischendurch ein bißchen Schokolade esse? Das ist mein Mittagessen. Ich habe für mehr keine Zeit. Dienstags rennen die Leute einem immer die Bude ein, vor allem zur Mittagszeit.«

»Tu dir keinen Zwang an«, sagte ich. »Erzähl mir währenddessen was von Theo.«

»Theo und ich kennen uns schon von der Schule«,

begann Stefan. »Wir waren in Parallelklassen. Ich glaube, irgendwie fühlten wir uns immer verbunden als Jugendliche. Wenn du siehst, wie all die anderen sich entwickeln, und du merkst, daß bei dir alles anders ist, dann bist du froh, wenn du meinst, noch jemanden entdeckt zu haben, der so ist wie du. Ich bin dann nach der 10. Klasse abgegangen, weil ich sowieso immer wußte, daß es das hier ist, was ich machen wollte. Theo hat Abitur gemacht und dann Groß- und Einzelhandelskaufmann gelernt. – Sonja? Sooonja! Wo ist die Kamillenspülung? Lausig organisiert, der Laden hier. Ich werde mich beim Chef beschweren! – Also, als Theo mit seiner Ausbildung fertig war, hatte ich gerade den Salon hier übernommen. Ich habe ihn gefragt, ob er mein Partner für den Verwaltungskram werden wollte. Seitdem arbeiten wir zusammen. Riecht das gut?«

Es roch tatsächlich gut. Eine angenehme Abwechslung von der Salzsäure, die man mir sonst immer in die Haare schmierte.

»Natürlich hat er sich während Rüdigers Krankheit und nach seinem Tod verändert«, fuhr Stefan fort. »Das hat keiner so gemerkt wie ich, denn ich hatte ja täglich mit ihm zu tun. Manchmal saß er hinten im Büro und hat geheult. Und er war völlig verwirrt und hat seine Arbeit nicht mehr fertig gekriegt und tagelang nichts mehr gegessen. Ich hatte den Eindruck, er würde mit seinem Leben allein nicht mehr zurechtkommen. Ich hab ihn in dieser Zeit nur mit Samthandschuhen angefaßt. Ein falsches Wort, und er war dem Nervenzusammenbruch nahe. Und dann, vor ungefähr neun Wochen, ist er gekommen und hat gefragt, ob er unsere Partnerschaft lösen könnte. Er wollte seinen Anteil ausgezahlt haben, jedenfalls, so weit das ging. Du solltest deine Haarspitzen mal einfetten, Veronika. Sie sind zu trocken. Ich kann dir gleich was dafür mitgeben.«

»Und, konntest du Theo auszahlen?«

»Soweit wir flüssig waren. Ich dachte, er würde wieder zur Vernunft kommen und die ganze Sache abblasen. Ich hätte nicht gedacht, daß er tatsächlich untertauchen würde.«

»Hast du eine genaue Vorstellung von seinen finanziellen Verhältnissen?« fragte ich, während ich im Spiegel beobachtete, wie Stefans Mitarbeiter einen kleinen weißen Pudel mit rosa Schleife im Fell davon abhalten konnte, gegen eine der zahlreichen künstlichen Palmen, die dem Salon einen tropischen Anstrich geben sollten, sein Beinchen zu heben. Frauchen saß währenddessen auf einem Frisierstuhl und hatte die gleiche rosa Schleife im platinblonden Haar.

»Ich glaube, daß er ein paar Monate leben kann, ohne arbeiten zu müssen, wenn du das meinst. – Donald, hör jetzt mal weg. Was ich jetzt sage, ist nicht für Steuereintreiber bestimmt.«

Donald steckte sich gehorsam zwei bunte Gummilockenwickler in die Ohren und liebäugelte mit der angebrochenen Tafel Vollmilchschokolade, die Stefan beiseite gelegt hatte, während er meine Kopfhaut massierte.

»Unser Salon läuft gut, und wir haben in den letzten Jahren immer schönen Gewinn gemacht. Rüdiger hat beim RWE auch gut verdient, das weiß ich. Die beiden hatten Lebensversicherungen füreinander laufen, das heißt, daß Theo nach Rüdigers Tod eine stattliche Summe bekommen hat. Vielleicht hat er von Rüdiger sogar was geerbt. Jedenfalls dürfte er einige Rücklagen haben, und von Finanzen versteht er was. Er kommt bestimmt weit mit seinem Geld.«

»Vielleicht ist er in San Franzisko«, sagte Donald, der die Ohrstöpsel wieder entfernt hatte und versuchte, eine Haarsprayflasche auf seinem ausgestreckten Zeigefinger zu balancieren. »Wenn ich abhauen würde und Geld hätte, würde ich nach San Franzisko gehen. Das ist nach Rüttenscheid der beste Platz.«

»Ich schäme mich so für ihn«, meinte Stefan und warf einen schiefen Blick auf Donald, »aber ich habe mich so an ihn gewöhnt, daß ich ihn nicht mehr missen möchte.«

»Das ist bei mir dasselbe«, erklärte ich. »Aber zurück zu Theo. Wenn du ihn beschreiben solltest, was würdest du sagen?«

»Zerbrechlich. Darum hat er einen wie Rüdiger gebraucht. Das war so ein bäriger, ruhiger Typ, der ein bißchen auf ihn aufgepaßt hat. Sowas braucht er. Vielleicht, weil er zu Hause nicht viel Geborgenheit bekommen hat.«

»Weißt du ein bißchen mehr über Theos Jugend? Wir waren gestern bei seinem Vater. Ein sächsischer Umweltkühlschrank ist warm dagegen.«

»Oh, Doktorchen kann schon heißlaufen, wenn er will. Zum Beispiel konnte er das, wenn es darum ging, Theo zur Schnecke zu machen und seine Familie zu tyrannisieren.«

»Ist das bei seiner zweiten Familie auch so?«

»Ich glaube nicht. Svetlana macht schließlich einen ganz zufriedenen Eindruck. Dann gibt es da noch Ilse. Kennst du die?«

»Ich habe nur mal kurz von ihr gehört. Sie sei die Tochter aus der ersten Ehe der derzeitigen Frau de la Cour. Was ist sie für ein Typ?«

»Eine Landplage. Als Theos Stiefmutter und Vater geheiratet haben, war sie ungefähr sechs oder sieben. Sie war schon damals schrecklich verwöhnt. Sie ist genau so, wie man sich ein verzogenes Töchterchen aus reichem Hause vorstellt. Nicht wackeln, Veronika, das wird sonst schief. Also, Donald, wenn der Turm gleich zusammenfällt, hebe ich keine von den Shampooflaschen wieder auf. Das mußt du schon selber machen. Da fällt mir ein, daß Theo und ich bald eine Kinderabteilung aufmachen wollten. Aber zurück zu Ilse. Als Teenie war sie unheimlich wild, hat gekokst, ist nächtelang verschwunden und hat ihre Mutter zum Wahnsinn getrieben. Schließlich ist sie sogar mal zu Hause rausgeflogen. Dann hat sie ein paar Semester studiert, irgendein Fach, das keinen satt macht, und das hat sie dann abgebrochen, als es ihr zu schwer wurde. Stiefpapilein hat ihr eine Lehrstelle im Büro besorgt, und plötzlich ist sie die perfekte Bürokraft, findet angeblich Erfüllung in der Arbeit, ist erzkonservativ und verheiratet mit einem karrieregeilen Schleimer. Ich glaube, sie macht ihrem Stiefvater heute als einziges seiner Kinder nur reine Freude. So, fertig. Das sieht jetzt doch gleich viel besser aus, oder?« Er nahm das Handtuch von meinen Schultern und hielt einen Spiegel hinter meinen Kopf, damit ich seine Arbeit beurteilen konnte.

»Oh ja. Ich bin sehr zufrieden. Und es hat gar nicht wehgetan. Was schulde ich dir?«

»Das geht aufs Haus. Bringt ihr mir nur Theo heil zurück. Er war nicht nur ein guter Geschäftspartner, sondern auch ein guter Freund.«

Donald sah auf seine Armbanduhr. »Meine Mittagspause ist bald vorbei«, stellte er fest. »Ich muß langsam wieder weg.«

»Wir sind ja fertig«, sagte Stefan. »Sag mal, hier war doch eben noch was von meiner Schokolade, oder? Sieht jemand meine Schokolade?«

»Ich weiß, wo sie ist«, antwortete Donald.

»Und wo ist sie?«

»Tja, ich hatte halt auch Hunger, schließlich ist jetzt eigentlich meine Mittagspause«, grinste Donald und trat vorsichtshalber einen Schritt aus Stefans Reichweite.

»Wenn ich nicht Kundschaft hier hätte, würdest du mir dafür büßen. Aber ich sehe, daß da schon Frau Klein kommt. Sie hat um halb zwei einen Termin. Eine ganz reizende alte Dame. Sehr gesprächig. Sie ist erst kürzlich hierhin gezogen. Sie kommt, glaub ich, aus deiner Ecke, Veronika.«

Ich kannte die rundliche Gestalt mit dem Turban, die sich durch die Glastür drängte.

»Wenn du mal einen wirklich spannenden Nachmittag verleben willst«, sagte ich zu Stefan, »dann frag Frau Klein mal, wie sie ihre Kinder zur Welt gebracht hat.«

5.

Nach unserem Frisörbesuch trennten sich unsere Wege. Donald ging zurück zum Finanzamt Essen Ost, und ich fuhr nach Hause. Ich machte für Felix und mich ein schnelles Mittagessen und ging dann an der Frankenstraße einkaufen, während Felix sich seinen Hausaufgaben widmete.

Auf dem Heimweg traf ich Felix' Freund Lino und

nahm ihn gleich mit zu uns. Als wir im Treppenhaus standen, fand ich auf der Fußmatte vor unserer Etagentür einen geschlossenen Briefumschlag. Kein Absender, keine Briefmarke. *Fr. V. Wenger.* Jemand mußte ihn persönlich vorbeigebracht haben.

»Felix, hat jemand geklingelt, als ich weg war?«

»Ja, er hat gesagt, das wär Reklame.«

Es war keine Reklame, es war ein hastig hingekritzeltes Schreiben von Stefan Konietzka.

Veronika, ich konnte Dich nicht erreichen, aber ich denke, daß Du nicht lange weg bist. Kann ich Dich heute noch unter vier Augen sprechen? Ich konnte heute mittag nicht frei reden. Ich bin jetzt in der Nordsee unten an der Limbecker Straße und warte auf Dich. Du läßt mich doch nicht im Stich? Stephan.

Verständlich, daß er von ein paar Riegeln Vollmilchschokolade nicht satt geworden war und sich jetzt einen ordentlichen Fisch zwischen die Kiemen schieben wollte. Offensichtlich war das, was er mir sagen wollte, so wichtig, daß er seine Termine für den Nachmittag hatte platzen lassen. Immerhin war wenigstens vermutlich Frau Klein so bald nach unserem Besuch im Frisörsalon an die Reihe gekommen, daß Stefan auf ihre Gruselstories wohl nicht hatte verzichten müssen.

Und er wollte Donald nicht dabeihaben. Bestimmt war auch ihm klar, wie hoffnungslos Donald in Theo verschossen war, und er hatte mir deshalb irgendetwas über Theo in Donalds Anwesenheit nicht erzählen wollen. Vielleicht eine eher unangenehme Enthüllung über Theo.

Ich sah auf die Uhr. Halb vier. Donald war sowieso noch im Büro. Also mußte ich kein schlechtes Gewissen haben, daß ich allein ging.

»Ich fahr noch mal in die Stadt«, erklärte ich den

Jungen, die im Kinderzimmer spielten. »Wenn ihr die Wohnung anstecken solltet, während ich weg bin, dann seilt euch nicht durchs Fenster ab, sondern benutzt das Treppenhaus.«

»Wann kommst du wieder?« fragte Felix. In uncodierter Sprache hieß das: wann machst du mir was zum Abendessen?

»Ich bin bestimmt um halb sechs wieder da.«

Im Parkhaus am Berliner Platz tat sich nicht viel. Es war auch noch nicht mal vier Uhr. Um halb fünf würde hier die Hölle los sein, und gestreßte Büromenschen würden sich nach der Arbeit in Horden zum Einkaufen wälzen.

Ich fuhr ganz nach oben, weil oben da ist, wo ich hingehöre. Wenn ich es schon sonst im Leben nicht weit gebracht habe, will ich wenigstens bei den täglichen Kleinigkeiten zu den oberen Zehntausend gehören.

Ich parkte den Jaguar direkt neben einem Panzer der S-Klasse, damit sich dessen Fahrer, wenn er zurückkam, mal an echtem Niveau laben konnte. Ich denke stets an meine Mitmenschen und gebe mir Mühe, ihren Alltag zu bereichern. Der Karosse hatte schon jemand den Stern abgebrochen. Das sollte mal jemand bei meinem Jaguar versuchen, da würde er sich eher selbst das Handgelenk abreißen, bevor er den abbekäme.

Weil ich nun ganz oben war, mußte ich mir überlegen, wie ich mich für das Gespräch mit Stefan im nahegelegenen Fischbüdchen wieder auf die Ebene normaler Menschen hinunter begeben konnte. Da gab es drei Möglichkeiten: ich könnte direkt von der Etage aus, auf der ich mich gerade befand, durch einen verglasten Gang, der als Brücke über eine Straße führte, in ein benachbartes Kaufhaus gehen und dort die Rolltreppe benutzen. Weil ich aber immer befürchte, daß dieser Gang eines Tages einstürzen und alle Benutzer in den Tod reißen wird, kam diese Möglichkeit nicht in Frage. Die zweite Möglichkeit, nämlich das Treppenhaus zu benutzen, kam für mich auch nicht in Betracht, weil ich nicht über zwei Etagen die Luft anhalten kann und das wegen des sanften Uringeruchs durchaus empfehlenswert ist. Blieb die dritte Möglichkeit, nämlich einen der beiden Fahrstühle zu nehmen.

Ich strebte auf den zu, der mir am nächsten war. Er war hinter einer eisernen Brandschutztür versteckt, die ich mit Elan aufriß. Dahinter verbarg sich ein winziges Räumlein, das etwa doppelt so groß war wie eine durchschnittliche deutsche Telefonzelle und an dessen anderem Ende sich die Fahrstuhltür befand. Ich ließ die Stahltür laut krachend hinter mir zufallen und drückte auf das Liftknöpfchen.

Der Fahrstuhl kam nicht.

Ich drückte nochmal, er kam immer noch nicht.

Gut. Es ist besser, wenn Aufzüge gar nicht erst kommen, als wenn sie sich mit letzter Kraft aufrappeln und dann mit mir drin abstürzen.

Ich drehte mich um, um den gastlichen Ort durch die Brandschutztür wieder zu verlassen.

Die Tür ging nicht auf.

Das war etwas merkwürdig. Ich war vor ungefähr 45 Sekunden durch diese Tür hereingekommen, und da hatte sie sich noch ohne Anstalten öffnen lassen. Ich versuchte es nochmal, vielleicht klemmte sie nur oder war durch Kaugummi an den Scharnieren verklebt.

Nichts tat sich. Die Klinke ließ sich höchstens einen Millimeter herunterdrücken.

Ich zwang mich zu logischem Nachdenken. Es tat zunächst etwas weh, aber dann ging es. Die Klinke ragte an beiden Enden aus der Tür hervor, und wenn sie sich auf der einen Seite herunterdrücken ließ, dann auch auf der anderen. Wenn sie aber auf der Außenseite jemand festhielt oder einen soliden Gegenstand daruntergeklemmt hatte, der so lang war wie der Abstand vom Fußboden zur Unterkante der Klinke, dann konnte ich sie auf der Innenseite auch nicht herunterdrücken. So einfach war das, jemand hatte mich eingesperrt.

Ich hatte natürlich keine Angst, ich summe häufig vor mich hin, das ist kein Zeichen von Nervosität. Dumdidum. In den nächsten Minuten würde sowieso ein anderer Parkhausbesucher kommen und mich befreien. Allerdings war das Parkhaus so schrecklich leer gewesen, als ich gekommen war. Dumdidel.

Man verdurstet erst nach drei Tagen. Bis dahin würde man mich zu Hause vermissen, den Zettel von Stefan finden und daraus schließen, daß ich nur hier geparkt haben konnte. Dumdideldidel.

Wenn mir einer wirklich was tun wollte, dann hätte er mir schon einen Baseballschläger über den Schädel ziehen können, als ich das Auto verlassen hatte. Es gab also keinen Grund zur Aufregung, tralala.

Außerdem habe ich viele Ängste, aber Klaustrophobie gehört nicht dazu. Allerdings war dieser Raum wirklich kaum größer als ein Sarg. Und ich bevölkerte ihn nicht allein. In einer Ecke hing eine wohlgenährte Spinne von der Größe eines Fünfmarkstückes. Spinnen sind wahnsinnig nützliche Tiere, die ein faszinierendes Leben führen und vor denen nur Dummköpfe Angst haben. Ich kam mir ziemlich dumm vor.

Ich begutachtete mein Gefängnis. An einer der beiden Längswände – »längs« ist hier rein relativ gebraucht – klebten halb zerfetzte Plakate über Unfallverhütung und Erste-Hilfe-Maßnahmen. Zur Unfallverhütung war es jetzt schon zu spät, der Parkhaus-GAU war bereits eingetroffen. Blieb noch die Erste Hilfe: *Bergen bewußtloser Personen.*

Die Gefahr, daß ich in Ohnmacht fiel, bestand noch nicht – jedenfalls so lange nicht, wie die Spinne artig in ihrer Ecke blieb. Ich las weiter: *Abgetrennte Gliedmaßen sind in Plastikfolie zu packen und dem Arzt mitzugeben.* Ich stellte mir vor, wie ich dem, der mich hier eingesperrt hatte, diverse Gliedmaßen abtrennen würde, und die Vorstellung hob meine Laune ein bißchen.

Wenn ich wirklich clever wäre, dachte ich mir, würde ich ein Fetzchen Papier von den Plakaten abreißen, eine Botschaft daraufschreiben und dann die Spinne so dressieren, daß sie die umgebundene Botschaft ins Freie bringen würde. Sie könnte durch die kleine kreisförmige Lüftungsöffnung unten neben der Tür klettern, in der ein Ventilator summte.

Wie ich schnell feststellte, war dieses kleine Loch außer der Stahltür und dem Fahrstuhlschacht der einzige Weg nach draußen. Vielleicht sollte ich die Schiebetür zum Fahrstuhlschacht aufstemmen und mich dann an den Aufzugkabeln nach unten hangeln. Ich verwarf diese Idee wieder, weil ich meinen Leopardenfell-Lendenschurz nicht dabei hatte.

Blieb nur noch zu warten. So schlimm würde es schon nicht kommen. Irgend jemand würde mich schon finden. Es gab keinen Grund zur Aufregung. Spätestens in fünf Minuten würden –

Das Licht ging aus.

Ich gab ein paar Ausdrücke von mir, die in Comic-Sprechblasen immer durch grüne Sternchen, rote Spiralen und kleine Totenköpfe dargestellt werden. In meiner Aufregung hatte ich zuvor gar nicht darauf geachtet, wie die Beleuchtung in dieser Zelle geartet war. Gab es vielleicht irgendwo einen Lichtschalter, oder war der draußen?

Ich habe schreckliche Angst vor der Dunkelheit. Auch die Tatsache, daß ich in diesem Raum nicht allein war, konnte mich nicht trösten. Ganz im Gegenteil. Wurden Spinnen bei Dunkelheit nicht besonders aktiv? Mein ganzer Körper begann zu jucken und zu kribbeln.

Ein schwacher Lichtstrahl fiel durch das kleine runde Lüftungsloch. Es reichte nicht, um meine Armbanduhr abzulesen. Meine Hände waren feucht, und das, obwohl ich nicht hineingespuckt hatte.

Und dann hörte ich von draußen, durch die schwere Tür gedämpft, daß ein Auto rangierte. Endlich! Ich würde warten bis der Motor abgestellt war und dann durch Trommeln gegen die Tür und lautes Gebrüll auf mich aufmerksam machen.

Der Wagen kam sehr nah heran. Das war gut, dann würde sein Fahrer mich nach dem Aussteigen bestimmt hören.

Doch der Fahrer stieg nicht aus, er stellte den Motor nicht ab, und er fuhr viel zu nah heran. So nah, daß sein Auspuff direkt vor dem Lüftungsloch zum Stillstand kam. Ich stand für ein paar Sekunden stocksteif und konnte meinen Ohren und meiner Nase nicht trauen.

Er wollte mich vergasen.

Er hörte einen lauten, schrillen Schrei, und noch bevor ihm bewußt wurde, daß er selbst diesen Schrei ausgestoßen hatte, sprang der Küchenschrank in die Höhe und knallte mit voller Wucht unter sein Kinn. Irgendetwas sagte ihm, daß das unmöglich war, daß er selbst gegen den Schrank gekracht sein mußte und nicht umgekehrt; aber im nächsten Moment kam der Küchenfußboden auf ihn zugeflogen. Er konnte den Aufprall nicht bremsen.

Er hörte das Knirschen und Knacken seiner Knochen und schmeckte Blut in seinem Mund. Doch es war mehr als Blut, es war roter Schaum.

Seine Hand umkrampfte das Messer.

6.

Mich packte eher Wut als Angst. Dieses Schwein wollte mich umbringen, diese laufende Mülltonne, dieser...

Ich nahm meine Handtasche von der Schulter, wickelte meinen Schal darum und ging in die Knie. Die Dunkelheit war vergessen. Ich hatte den Eindruck, durch den Rauch, der sich langsam ausbreitete, wäre es etwas heller in der Zelle geworden. Als ich mich vor dem Lüftungsloch hinhockte, schlugen mir die Auspuffgase ins Gesicht wie eine Wand aus Asche. Ich mußte husten, aber das störte mich nicht weiter. Meine Mutter war eine starke Raucherin gewesen, und so war ich seit frühester Kindheit teerige Luft gewöhnt.

Ich drückte das Bündel aus Schal und Handtasche gegen das Ventilatorloch. Sofort wurde der Lärm gedämpft, und ich war mir sicher, daß kein neuer Rauch nachströmte. Vielleicht zog ein bißchen von den Abgasen auch schon durch die Ritzen der Fahrstuhltür und den Schacht nach unten ins Freie.

Ich erlaubte mir eine kleine Atempause.

»Du mußt keine Angst haben«, sagte ich zu meiner achtbeinigen Freundin, in der Hoffnung, sie würde etwas ebenso Beruhigendes antworten.

Der Typ draußen drehte nochmal richtig auf. Ich hörte seinen Motor wütend aufheulen. Ich spürte, wie die Handtasche und der Schal immer wärmer wurden, und wendete sie schnell, damit sie sich nicht auf der einen Seite überhitzten. Die Handtasche war von Fendi, und ich hatte dafür 600 Mark hingeblättert. Das war auch im November gewesen, und ich hatte mich in einer so depressiven Phase befunden, daß mein einziger Trost der Konsumrausch gewesen war. Jetzt war ich froh, daß ich sie gekauft hatte, denn in meiner unangenehmen Situation stellte sich das Geld als wirklich gut angelegt heraus. Natürlich hätte ich mir für das Geld auch eine Gasmaske kaufen können, aber die waren gerade nicht im Angebot gewesen.

Wenn ich mir nicht sicher gewesen wäre, daß dieses Stück Elefantendurchfall mich durch die Stahltür und den Auspufflärm sowieso nicht hören konnte, hätte ich gepfiffen, um ihm zu zeigen, daß er mich nicht kleinkriegte. Allerdings wurde die Lage langsam wirklich prekär, weil das Bündel zwischen meinen Händen sich so erhitzt hatte, daß ich es immer schneller wenden mußte. Bei jeder Umdrehung strömten weitere Abgase in den Raum. In meinem Wintermantel wurde es langsam unerträglich heiß, aber ich konnte ihn nicht ausziehen, weil ich dafür die Handtasche und den Schal hätte loslassen müssen. In Katastrophenfilmen halten sich die Leute in solchen Situationen immer Handtücher vor Mund und Nase, aber ich hatte kein sauberes.

Mir wurde schwindelig. Meine Augen tränten. Ich versuchte mir einzureden, daß das nur vom beißenden Rauch käme.

Während eines heftigen Hustenanfalls mit Würgen im Hals ließ ich schließlich das Handtaschen-Schal-Bündel fallen und fand, daß es an der Zeit war, mein Leben wie einen Film an meinem inneren Auge vorbeiziehen zu lassen. Das war es dann also. Wenigstens würde mein Mörder durch eine hohe Benzinrechnung gestraft.

Und dann fuhr er weg. Ich fiel nach hinten auf meine vier Buchstaben und dachte, ich höre nicht recht.

Er fuhr einfach weg!

Ich hörte das Quietschen beim Rangieren, und dann wurde das Motorengebrumm immer leiser, als er die Fahrrampen hinab verschwand. Ich saß ein paar Momente regungslos auf dem kalten Betonfußboden und dachte an gar nichts. Mir war keine lange Ruhepause vergönnt. Von draußen näherten sich hastige Schritte, und dann vernahm ich, wie jemand gegen die Tür schlug und etwas Hölzernes auf den Boden schepperte. Die Tür wurde aufgerissen – vielleicht war er zurückgekommen. Wahrscheinlich wollte er sich überzeugen, daß ich schon gar war.

»Komm rein, du Arsch, und ich schlage dir alle fauligen Zähne einzeln aus«, schrie ich. Für Beleidigungen hatte ich immer noch Atem genug.

Ein bunter Schopf streckte sich durch die Tür.

»Veronika?« sagte Stefan. »Ich hätte nie gedacht, daß du solche Ausdrücke benutzt.«

Ich stand auf ziemlich wackeligen Beinen. Stefan und Donald nahmen mich zwischen sich und führten mich ein paar Meter weit bis zur Balustrade an der

Seite des Parkhauses, die zur Straße hin offen war. Ich lehnte mich über die Brüstung und atmete in großen Zügen die relativ unverseuchte Stadtluft ein. Stefan klopfte mir derweil auf den Rücken.

Donald sah mich an. »Du siehst schrecklich aus, Liebes. Du bist ganz schwarz im Gesicht. Dabei ist es für die Sternsinger noch viel zu früh.«

»Das macht das hiesige Klima«, schnaufte ich. »Was war das eben für ein hölzernes Geräusch, bevor Stefan die Tür geöffnet hat?«

»Ein Besenstiel, der unter der Klinke eingeklemmt war. Einfach, aber effektiv. Das haben wir sofort gesehen, als wir mit dem anderen Fahrstuhl hoch kamen.« Er hatte ein Tempotuch hervorgezogen und begann, mir damit durchs Gesicht zu rubbeln. Ich ließ es gerne geschehen.

»Was hältst du da in der Hand?« fragte ich Stefan.

Er hielt es hoch. Es war ein glitzernder Mercedesstern. »Damit war der eine Aufzug lahmgelegt«, erklärte er. »Das steckte unten in der Rille, durch die sich die Fahrstuhltür beim Schließen schiebt. Und weil sie nicht mehr zuging, ist der Fahrstuhl nicht mehr abgefahren.«

»Ich glaube, ich weiß, an welchem Auto der Stern abgebrochen wurde«, seufzte ich. »Aber woher wußtet ihr überhaupt, daß ich hier bin?«

»Ich habe nachgedacht, solltest du auch mal machen«, antwortete Donald. »Wenn ich zum Beispiel bei dir zu Hause vorbeifahre, und Felix zeigt mir eine Notiz, die von Stefan sein soll, und Stefan ist mit ph geschrieben und nicht mit f, wie es richtig ist und wie es auch über seinem Salon steht, dann fange ich an nachzudenken.«

Ich gab ein Geheul von mir, das einer hungrigen Wolfshorde alle Ehre gemacht hätte.

»Ist ja gut, wir sind ja nochmal rechtzeitig gekommen«, meinte Stefan. »Wir haben uns überlegt, wo du wohl geparkt haben könntest. Wir waren schon vor fünf Minuten hier, aber die oberste Etage war durch ein Flatterband abgesperrt.«

»Was? Kein Wunder, daß sonst keiner gekommen ist.«

»Ja, so ein Band kann man sich von jeder Baustellenabsperrung abschneiden. Das hat uns erst abgeschreckt, aber Donald meinte, er hätte oben trotzdem ein Auto gehört, und dann sind wir doch nochmal zurückgegangen. Das Auto war schon weg, als wir kamen. Ist auch kein Wunder, das Fahrstuhllämpchen hat hier oben bestimmt geleuchtet und uns verraten.«

»Es war ein Mercedes, so viel ist klar«, sagte ich. »Er stand neben mir, als ich gekommen bin, und jetzt ist er weg. Ich hab ihn mir natürlich nicht genauer angeguckt. Ich weiß noch nicht mal, ob er aus Essen kam.«

Donald beendete seine Aufräumarbeiten in meinem Gesicht. Er trat einen Schritt zurück und begutachtete sein Werk. »Sieht schon besser aus. – Was du für ein Glück gehabt hast«, sagte er dann. »Stell dir vor, das wäre dir vor zehn Jahren passiert, als es noch keine anständigen Katalysatoren gab!«

7.

Schafstall faßte seine Sorge in ernstere Worte, als er mich am Abend anrief: »Er hätte Sie umbringen können. Wahrscheinlich ist es nicht, weil er davon ausgehen mußte, unterbrochen zu werden, und weil die ganze Sache doch halbwegs spontan wirkt, aber wenn alle unglücklichen Umstände zusammengekommen wären, dann wären Sie jetzt tot.«

Ich liebe Männer, die mir süße, romantische Worte am Telefon ins Ohr flüstern. Warum lerne ich bloß nie mal so einen kennen?

»Ich bin mir da nicht so sicher«, entgegnete ich. »Ich glaube eher, er wollte mich erschrecken. Wenn er mich hätte umbringen wollen, hätte er das schneller und einfacher haben können.«

Er hätte zum Beispiel den Mercedesstern aus dem Ring lösen und mich damit erstechen können. Dann hätte ich es vielleicht bis zum Halbjahresbericht der Daimler-Benz AG gebracht.

»Das kann stimmen«, sagte Schafstall am anderen Ende der Leitung. »Trotzdem sollten Sie vorsichtig sein. Wenn Sie mich fragen, will irgend jemand nicht, daß Sie de la Cour suchen. Jemand, der Sie heute mittag beschattet hat und weiß, daß Sie bei diesem Konietzka waren. Vielleicht sogar de la Cour selbst. Aber wenn Sie, wie Sie sagen, keine Anzeige erstatten wollen, kann ich Ihnen in dieser Angelegenheit nicht helfen.«

»Aber in der anderen Sache können Sie mir doch helfen, oder? Der Sache mit dem Mord an der ersten Frau de la Cour?«

»Ja, deshalb rufe ich an. Ich habe heute nachmittag einen alten Kollegen besucht, der damals in Essen war und diesen Fall bearbeitet hat. Er redet ohne Ende, wenn man ihn ein bißchen einölt. Ich muß Ihnen dafür eine Flasche Metaxa mit sieben Sternen in Rechnung stellen.«

»Das macht nichts, das wälze ich als Spesen auf Svetlana de la Cour ab«, sagte ich.

»Gut. Breukmann – mein pensionierter Kollege –

erinnert sich noch sehr gut an den Fall und hatte seine Aufzeichnungen noch zur Hand. Gudrun de la Cour, vierzig, Hausfrau, wurde am 5. November vor dreiundzwanzig Jahren abends um 9 Uhr tot in ihrer Haustür gefunden. Und zwar von ihrem Mann, Dr. Josef de la Cour, ebenfalls vierzig, der von einem Noteinsatz zurückkam, zu dem er gerufen worden war. Frau de la Cour war erstochen worden, mit zwei Stichen, die beide auch alleine tödlich gewesen wären, und alle Wiederbelebungsversuche, die ihr Mann sofort durchführte, waren vergebens.«

»War sie im Haus oder draußen, als sie erstochen wurde?«

»Zwischen Tür und Angel. Die Theorie ist, daß jemand – eine oder mehrere Personen – ins Haus eingedrungen ist und Frau de la Cour hinauslaufen wollte, um Hilfe zu holen. Dabei wurde sie von hinten erstochen. Ich will Sie jetzt nicht mit den genauen medizinischen Einzelheiten langweilen.«

»Haben die Nachbarn nichts gehört?« fragte ich weiter.

»Nein. Das Haus war ziemlich abgelegen.« Er nannte mir die Anschrift. Das war die Adresse, die Donald und ich am Abend zuvor aufgesucht hatten. Warum war de la Cour nicht aus dem Haus weggezogen, in dem seine Frau ermordet worden war?

»Und dann war da noch das Kind, Theodor, dreizehn Jahre«, fuhr Schafstall fort. »Nach dem, was de la Cour zu Protokoll gegeben hat, hat er sich zuerst um seine Frau gekümmert und ist dann, als er sah, daß die Lage hoffnungslos war, ins Haus gelaufen und hat seinen Sohn gesucht. Der lag bewußtlos in der Küche. Die Küche selbst sah aus wie ein Schlachtfeld. Offenbar hat der Junge heftigen Widerstand geleistet. Die äußerste Brutalität, mit der man gegen

Mutter und Kind vorging, führte zu dem Schluß, daß hier keine normalen Einbrecher am Werk waren, die auf frischer Tat ertappt wurden und dann Amok liefen, sondern daß jemand ins Haus eingedrungen ist mit dem Vorsatz, die beiden zu töten.«

»Theo hat aber überlebt.«

»Genau. Es ist allerdings möglich, daß man ihn für tot hielt, weil nach Angaben seines Vaters Theos Zustand für einen Laien nur schlecht richtig einzuschätzen war. Am Ende waren seine Verletzungen aber nicht so schlimm, wie zu befürchten war. Er hatte ein paar Brüche, ein paar Quetschungen. Ein Kieferbruch und ein Nasenbeinbruch von Theo waren für das meiste Blut in der Küche verantwortlich. Kein Blut vom Angreifer, keine Hautfetzen von ihm unter Theos Fingernägeln, keine Fingerabdrücke. Es gab überhaupt keine fremden Spuren. Wir wissen noch nicht einmal, wie der Eindringling ins Haus gekommen ist. Breukmann ist heute noch ganz fassungslos. Er meint, es wäre, als hätte sich der Angreifer in Luft aufgelöst.«

»Und die Mordwaffe?«

»Wurde geborgen. Es handelte sich um ein Messer aus der Küche der de la Cours. Die Fingerabdrücke von Mutter und Sohn de la Cour waren darauf, teilweise stark verschmiert. Es war ein ganz normales Fleischmesser, das am Abend des Mordes offensichtlich noch in der Küche benutzt worden war. Das wirklich Traurige war, daß der Junge sich an nichts mehr erinnern konnte. An gar nichts mehr. Breukmann und die Beamtin, die ihn vernahmen, hatten teilweise schon das Gefühl, er wollte sie auf den Arm nehmen. Er wußte nur noch, daß er mit seiner Mutter in der Küche gewesen war, das war alles.«

Schafstall machte eine kleine Pause und sagte

dann: »Ich weiß nur, daß ich Breukmann nicht um diesen Fall beneide. Der einzige Zeuge ist ein Kind, schrecklich. Ich wüßte gar nicht, wie ich aus einem Kind irgendwas herausbekommen sollte. Ich kann mit Kindern gar nicht reden. Kürzlich hat mich eine meiner Nichten gesiezt, und dabei bin ich doch ihr Patenonkel.«

Ich mußte kichern.

»Ja, ich fände das auch lustig, wenn es nicht mir passiert wäre«, sagte Schafstall. »Das ist natürlich jetzt der Witz in der Familie. Sie wohnen in Stuttgart, und ich sehe sie selten, also hatten die Mädchen mich wohl vergessen.«

»Sie müssen mehr Geschenke mitbringen, dann vergessen die Kinder Sie nie«, schlug ich vor.

»Ich bringe schon immer tonnenweise Geschenke mit, weil ich hoffe, daß die Kinder dann so damit beschäftigt sind, daß sie mich in Ruhe lassen.«

»Das kommt, weil Sie selbst keine Kinder haben«, meinte ich. »Wenn Sie nicht nur mit der Gerechtigkeit verheiratet wären, wären Sie nicht so verkrampft im Umgang mit kommenden Generationen.«

»Das kann schon sein«, gab er zu. »Aber jetzt ist es wohl ein bißchen zu spät dafür. Ich bin schließlich schon über vierzig. Jedenfalls wurde der Fall de la Cour damals nie geklärt. Breukmann hat natürlich versucht, es dem Doktor selbst anzuhängen, weil der durch den Tod seiner Frau eine hohe Lebensversicherung ausbezahlt bekam und das Geld nach dem Hausbau auch dringend brauchte. Es gab in der Nachbarschaft Gerüchte, daß die beiden sich nicht mehr gut verstanden und sie die Scheidung einreichen wollte, was ihn finanziell ruiniert hätte, weil sie das Geld mit in die Ehe gebracht hatte. Aber es führte zu nichts, es gab keine Indizien in diese Richtung. Im folgenden Winter herrschte in Werden unter den Nachbarn eine Art Panik, weil man fürchtete, solche Überfälle würden sich wiederholen. Aber es blieb eine isolierte Tat.«

»Vielen Dank für diese Auskünfte«, sagte ich. »Nicht, daß ich jetzt viel schlauer wäre als vorher, aber immerhin habe ich meine Neugierde gestillt. Wie wär's, sollen wir mal wieder essen gehen?«

»Samstag«, erwiderte Schafstall sofort. »Ich kann es gar nicht erwarten, mal wieder was anderes zu essen als den Fraß aus unserer Polizeikantine.«

»Gut«, sagte ich, »dann können wir uns beim Essen weiter über diesen Fall unterhalten, ganz wie echte Profis, die immer nur an ihren Beruf denken. Ich frage mich, ob Theo vielleicht doch weiß, wer der Mörder seiner Mutter war. Möglicherweise ist er heute vor ihm auf der Flucht.«

»Warum erst heute, wenn er es die ganze Zeit schon gewußt hat? Und warum ist er nicht zur Polizei damit gegangen?«

»Vielleicht wußte er es damals wirklich nicht«, antwortete ich. »Vielleicht war es in seinem Gedächtnis verschüttet, weil sein Geist sich weigern wollte, an sowas erinnert zu werden. Gibt es das nicht? Ich bin keine Psychologin, aber es kann doch sein, daß man unangenehme Erinnerungen unbewußt verdrängt, oder?«

»Aber warum sollte die Erinnerung dann gerade jetzt zurückgekommen sein?«

»Vielleicht durch den Tod seines Freundes. Er hat jetzt zum zweiten Mal eine wichtige, geliebte Person durch einen frühen und grausamen Tod verloren. Möglicherweise hat das die Erinnerung wachgerüttelt. Das ist natürlich nur eine wilde Vermutung. Aber Theos Schwester erzählte, er hätte nach dem

Tod seines Freundes die alten Plätze seiner Kindheit wieder aufgesucht. Vielleicht hat ihn da irgendwas wieder an den Mord erinnert, und plötzlich wußte er, was geschehen war. Dr. de la Cour sagte mir auch, daß Theo ganz ausdrücklich nach seiner Mutter fragte, als er ihn kürzlich besucht hat. Vielleicht hat das eine Erinnerung ausgelöst.«

»Das ist ja theoretisch möglich«, räumte Schafstall ein, »aber warum ist er dann nicht zur Polizei damit gegangen?«

»Ich weiß nicht. Es ist ja auch nur eine gewagte Theorie. Außerdem müßte der Mörder doch sowieso keine Angst haben, daß Theo ihn heute noch bei der Polizei anzeigt, oder? Die Sache ist dreiundzwanzig Jahre her. Das ist doch längst verjährt.«

»Da irren Sie sich«, meinte Schafstall, »Mord verjährt nicht.«

Das Telefonat mit Schafstall beunruhigte mich. Ich hatte den ganzen Abend versucht, mich davon zu überzeugen, daß der Zwischenfall im Parkhaus nur ein Dummerjungenstreich war, aber wenn ich ehrlich war, mußte ich zugeben, daß ich Angst vor neuen Anschlägen hatte.

Als ich zum Wohnzimmerfenster bummelte, um noch einen Blick auf unsere abendlich dunkle Vorortstraße zu werfen, bemerkte ich einen Streifenwagen, der langsam vor den Häusern vorbeifuhr.

Ich überlegte mir, wer mich für so gefährlich hielt, daß er mich, kaum daß ich mich für Theos Verbleib interessierte, aus dem Weg räumen wollte. Es wußten doch erst so wenig Leute, daß Donald und ich nach Theo suchten. Doch vielleicht hatte schon Svetlanas Nachfragen in Theos Freundeskreis den Unmut von jemandem geweckt. Ich nahm mir vor, so bald wie möglich mit Svetlana darüber zu sprechen.

Das Klingeln des Telefons schreckte mich aus meinen Gedanken. Es war schon nach zehn Uhr. Wer konnte mich so spät noch sprechen wollen? Möglicherweise der Typ, der mich heute eingesperrt hatte! Er wollte sich vergewissern, daß ich zu Hause war, damit er kommen und mich umbringen konnte.

Ich hob den Hörer ab: »Hallo?«

»Was ist Schätzchen, warum meldest du dich nicht mehr mit deinem guten Namen?« schallte es fröhlich vom anderen Ende der Leitung.

»Donald! Du hast mich erschreckt.«

»Warum? Was habe ich denn gemacht?«

Ich erklärte ihm, was für einen Anruf ich befürchtet hatte.

»Deshalb rufe ich auch an. Ich wollte nur sichergehen, daß du noch diesseits des Jordans bist. Ich habe schon früher versucht durchzukommen, aber du führst ja Dauergespräche.«

Ich erzählte ihm, daß ich mit Schafstall telefoniert hatte und was wir besprochen hatten. Währenddessen sah ich wieder auf unsere Straße hinab. Ein Nachbar, den ich nur vom Sehen kannte, führte seinen Hund Gassi. Ich bewunderte die Geduld des Herrchens, das trotz eisiger Kälte jedesmal stehenblieb, wenn Fiffi sein Revier markierte. Die beiden waren die einzigen Lebewesen weit und breit.

Doch dann näherte sich ein Auto im Schrittempo. Ich sah zweimal hin: es war wieder ein Streifenwagen. Er beschleunigte, als er an unserem Haus vorbei war. Schließlich bog er an der Ecke ab und verschwand. Wann waren zum letzten Mal zwei Streifenwagen hintereinander durch unsere Straße gefahren?

»Donald«, sagte ich, »was schätzt du an Theo?«

»Alles.«

»Etwas genauer bitte. Nur in bezug auf Charaktereigenschaften.«

»Hm. Er ist sehr sorgend. Also, er bemüht sich wirklich um andere, die ihm was bedeuten. Ich glaube nicht, daß er jemandem absichtlich wehtut. Das sieht man auch daran, wie viele Freunde er hat und wie beliebt er ist.«

»Ist er ehrlich?«

»Ja. Allerdings ist das keine verletzende Ehrlichkeit. Er geht mit Leuten sehr schonend und nachsichtig um, und wenn er glaubt, dich kritisieren zu müssen, läßt er sich viel Zeit damit. Wie damals, als es mit Andreas und mir den Berg runterging und wir uns benommen haben wie Dreijährige in der Trotzphase. Da hat er uns schließlich einzeln beiseite genommen und uns klar gemacht, daß es so nicht weiterginge.«

»Ich frage das alles deshalb, weil es Schafstall nicht wundern würde, wenn Theo selbst unsere Bemühungen, ihn zu finden, sabotieren würde.«

»Nein«, widersprach Donald, »nie! Da könnte er sich noch so verändern, er würde nie jemanden angreifen. Er ist doch noch nicht mal aggressiv genug, um sich zu verteidigen. Theo ist so einer, der Gummibärchen zuerst den Kopf abbeißt, um ihnen unnötiges Leiden zu ersparen, wenn du verstehst, was ich meine.«

Ich erzählte Donald nicht, daß ich das auch tat – es ist eine meiner Gewohnheiten, für die ich mich abgrundtief schäme. Gut zu wissen, daß ich nicht die einzige war, die Gummibärchen als lebend betrachtete.

Donald und ich besprachen noch unseren weiteren Kriegsplan. Wir hielten es beide für wichtig, bei Theos Arzt vorstellig zu werden, aber da der nächste Tag ein Mittwoch war, verschoben wir diesen Besuch auf das Ende der Woche. Wir vereinbarten, daß ich am nächsten Nachmittag, wenn Donald noch im Büro war, Svetlana sowie Theos Nachmieter aufsuchen würde, um ihn zu fragen, was er von Theos Verbleib wußte.

Nachdem ich nachgesehen hatte, ob Felix auch schon schlief, und bevor ich den Wecker stellte und selbst ins Bett schlüpfte, schaute ich nochmal hinaus auf die Straße. Alle Hunde mit ihren Herrchen waren schon wieder in ihren Wohnungen. Aber der Streifenwagen war wieder da. Diesmal fuhr er in die Gegenrichtung, ebenso langsam wie vorher.

Das mußte Schafstalls Werk sein. Ich ging beruhigt ins Bett und hatte das Lied von den Dreien von der Tankstelle im Kopf.

Manchmal wachte er an dieser Stelle aus seinem Traum auf, häufig durch sein eigenes Schreien.

Er hatte diesen Traum schon so oft erlebt, aber er verlor nichts von seinem Schrecken.

8.

Die Glashüttenstraße gehört nicht zu den besten Wohngebieten in Essener Innenstadtlage. Mit etwas Häme könnte man sogar sagen, sie zählt zu den schlechtesten.

Hier einzuziehen war für Svetlana de la Cour hundertprozentig ein sozialer Abstieg. Wie ihr elterliches Haus in Werden lag auch das vierstöckige Haus, in dem sie jetzt wohnte, an einem Hang, nämlich am Bahndamm, über den alle zwei Minuten Züge vom und zum Hauptbahnhof ratterten. Was die Vibrationen der Züge an der Bausubstanz der Vorkriegshäuser noch nicht zerstört hatten, schossen spielende Kinder mit ihren Fußbällen sturmreif.

Einer dieser Bälle traf mich ziemlich unsanft am Kopf, nachdem ich mein Auto abgeschlossen hatte, weil ich Svetlana einen Besuch abstatten wollte.

»Paß beim nächsten Mal besser auf, du Berti!« brüllte ich dem Übeltäter nach, einem kaffeebraunen Jungen mit Trainingsanzug der deutschen Nationalmannschaft. Es war das schlimmste Schimpfwort, das mir in diesem Moment einfiel.

Ich vergaß zu sagen, daß zum Charme der Glashüttenstraße noch ein Asylantenheim gehört, was selbst Leute, die Flüchtlinge irgendwie kulturell unheimlich belebend und erfrischend finden, nicht so gerne in der eigenen Nachbarschaft haben. Gerüchteweise verlor die Straße nach Einbruch der Dunkelheit ihren reinen Wohncharakter und nahm stark kommerzielle Züge an, die größtenteils horizontaler Art waren.

Ich gab mir Mühe, nicht daran zu denken, wie mein Jaguar wohl aussehen würde, nachdem die spielenden Kinder ihn entdeckt haben würden, und suchte in Svetlanas Hauseingang nach der Klingel. Schließlich fand ich ihren Namen mit ungefähr einem halben Dutzend anderen auf einem kleinen Papierschildchen neben einem notdürftig reparierten Drücker, dessen Drähte lose herunterhingen. Ich schluckte meine Angst vor einem Stromschlag hinunter und setzte meinen Zeigefinger mutig auf die Stromschlagfalle. Mir wurde sofort aufgemacht.

Das Treppenhaus war dunkel und beklemmend eng, mit steilen Holztreppen und Türen auf der halben Etage. Es erinnerte mich an das Treppenhaus in der alten Mietskaserne, in der meine Großeltern gelebt hatten. Ich hatte als Kind immer Alpträume gehabt, die in diesem Treppenhaus spielten, in denen ich vor einem unbekannten Bösen die Treppen hinauffliehen wollte und mit meinen Füßen an den Vorsprüngen der hölzernen Stufen hängenblieb. Aber das Treppenhaus meiner Großeltern war blitzsauber gewesen, während hier ein Briefkasten aufgebrochen war und alte Werbezettel auf dem Boden lagen.

Svetlana stand im zweiten Stock in einer Tür, deren obere Hälfte aus verziertem Glas bestand, und winkte mir zu.

»Hey, prima, daß Sie gekommen sind. Immer hereinspaziert.«

Ich drängte mich in eine Diele, die mit Umzugskartons vollgestopft war. Die Räume in der Wohnung hatten zwar hohe, stuckverzierte Decken, aber eine kleine Grundfläche.

»Das ist von Lars«, erklärte Svetlana entschuldigend und zeigte auf die Kartons. »Er zieht aus. Zu seinem Schatz. Ein bißchen spießig, so zu zweit, finden wir anderen, aber wenn er will…«

»Zieht jemand Neues ein?« fragte ich, während ich mich aus meinem Mantel schälte, den Svetlana zu ihrem eigenen Parka und diversen anderen abenteuerlichen Kleidungsstücken in eine Garderobe hängte, die schon bessere Zeiten gesehen hatte.

»Wieso – suchen Sie eine neue Wohnung?« kicherte sie.

»Ich könnte mich fast versucht sehen«, antwortete ich. Vielleicht als Akt der Selbstkasteiung. Oder als Körperertüchtigung. Man mußte einfach fit bleiben in einer Wohnung, in der man sich den Weg durch den Flur mit beiden Armen durch übervolle Mülltüten, Plüschtiere, Topfpalmen, Wellensittichkäfige, Mofa- und Fahrradteile bahnen mußte und wo vor der Klotür in Kniehöhe ein Gummitwist-Seilchen gespannt war. Vor fünfundzwanzig Jahren hätte ich diese Herausforderung sofort angenommen und mit dem Seilchen einen Zauberknoten par excellence hingelegt, aber inzwischen war ich vernünftig genug, um mich auf den Grund meines Kommens zu konzentrieren.

Vom Flur aus gingen Türen zu den einzelnen Zimmern ab, die schon von außen den Geschmack des jeweiligen Bewohners verdeutlichten, oder eher den Mangel an Geschmack. An einer Tür klebte ein Poster mit einem langhaarigen, zotteligen Rocksänger, der das Mikrophon so nah vor seinen röhrenden Mund hielt, daß es auf den ersten Blick so aussah, als hätte er sich mit einer Bierdose in seiner Zahnspange verheddert.

»Was ist denn das für ein Monster?« fragte ich Svetlana, während irgendwo hinter einer anderen Tür ein Wecker klingelte und ein herzzerreißendes Gähnen ertönte. Es war zwei Uhr mittags.

»Ach, kennen Sie nicht? Das sind doch Guns 'N' Roses. Vera steht auf die. Das ist Mr. Rose persönlich.«

»Doch, kenne ich«, antwortete ich, »klar, Sir Michael. Ich hatte ihn nur etwas besser frisiert in Erinnerung.« Svetlana verstand nicht, was ich meinte. Es ist schon schlimm genug, wenn Leute meine Witze nicht gut finden, aber wenn sie gar nicht erst merken, daß ich einen gemacht habe, ist es wirklich übel.

Ich verdrängte den unangenehmen Gedanken, Theo könne sich zur Fremdenlegion gemeldet haben, und folgte Sevetlana durch den Flur.

»Was hören Sie denn am liebsten für Musik?« fragte sie, während ein unrasierter Typ mit noch vom Schlaf verklebten Augen aus seinem Zimmer getorkelt kam und Richtung Badezimmer wankte. Anstelle eines Schlafanzuges trug er ein überlanges Trikot von Schalke, das bis über die Knie hing.

»Al Bano und Romina Power«, antwortete ich wahrheitsgemäß.

»Was, echt?« rief der unrasierte Typ und drehte sich nach mir um, wobei er es schaffte, ein verquollenes Augenlid um einige Millimeter zu heben. »Ich auch! Al und Romina sind echt obergeil. Voll abgefahren. Besser sind nur noch die Kellys. Die sind voll korrekt. Aber das sind ja auch so viele, die schaffen ja schon dieses affengeile Feeling, wenn sie nur zusammen auf der Bühne sind. Ich bin bei jedem Gig dabei. Beim letzten Mal –«

»Ist schon gut Sebastian, wir wollen jetzt nicht deine gesammelten Erlebnisse mit der Kelly-Family hören«, unterbrach Svetlana resolut und schob ihn ins Badezimmer, »putz dir jetzt die Zähne, sonst kommst du zu spät zur Vorlesung.«

»Hast ja recht. Tschüß dann.« Er schlurfte ins Badezimmer, und Svetlana und ich erreichten endlich ihr Zimmer, wo ihre Ratte schon auf dem Schlafsofa saß und auf uns wartete. Zur sonstigen Einrichtung gehörten ein lebensgroßes menschliches Skelett, ein mit Büchern und Heften übersäter Schreibtisch, eine eindrucksvolle Plattensammlung, ein komplett lila gestrichenes Fahrrad, zwei Knautschsessel, ein hölzernes Schaukelpferd und ein Regal mit Einmachgläsern, die mit verschiedenfarbigen dunklen Flüssigkeiten und körperlos schwammigen Formen gefüllt waren.

Svetlana bemerkte meinen fragenden Blick und begann zu erklären: »Anschauungsmaterial für mein Biologiestudium. Wahnsinnig interessant. Das hier ist – oder besser war – ein Bandwurm. Hier haben wir einen Frosch –«

»Danke«, unterbrach ich sie, »das ist bestimmt wirklich wahnsinnig interessant, aber ich bin nicht zum Vergnügen hier, sondern geschäftlich.«

»Stimmt«, strahlte sie, »Sie wollen ein Foto von Theo. Nehmen Sie doch Platz, ich such eins raus. Möchten Sie einen Tee?«

»Nein, danke.« Mir war nicht mehr nach Nahrungsaufnahme zumute. Ich nahm auf dem Schaukelpferd Platz und versuchte, meinen Blick von den Einmachgläsern fernzuhalten. »Sie studieren also Biologie«, sagte ich, während Svetlana auf dem Schreibtisch nach einem Fotoalbum kramte und dabei große Staubwolken freisetzte.

»Ja, dieses Thema liegt offensichtlich doch in der Familie. Ich hätte auch Medizin studieren können, und mein Vater hätte das bestimmt lieber gesehen, aber ich wollte nicht das gleiche machen wie er.«

»Wie finanzieren Sie Ihr Studium?«

»Tja.« Sie drehte sich zu mir um und zog ein etwas gequältes Gesicht. »Ich bin da nicht stolz drauf, aber ich komme nur für mein Taschengeld selbst auf, durch verschiedene Jobs. Die Miete für das Zimmer und einen monatlichen Unterhalt zahlen mir meine Eltern. Vielleicht wird das mal anders, wenn ich ein bißchen länger studiert habe und mal als Hilfskraft arbeiten kann, aber bis dahin bin ich finanziell von ihnen abhängig.«

Ein Zug fuhr draußen vorbei, und die Einmachgläser wackelten gefährlich. Svetlana kam mit einem Fotoalbum zu mir. »Hier sind ganz viele Bilder von Theo. Von meiner Kindheit an.«

Ich begann, von hinten nach vorn zu blättern. Theo war schlank, nicht allzu groß, mit kurzen blonden Haaren. Er sah auf den meisten Fotos ziemlich ernst aus, trug häufig karierte Holzfällerhemden und Leinenturnschuhe. Wenn er lachte, wirkte er spitzbubenhaft und bekam eine rote Nase.

»Dieser vollbärtige Mann, ist das Rüdiger?«

»Ja. Sehen Sie, daß Theo meistens glücklich aussieht auf den Bildern, auf denen er mit Rüdiger zusammen ist?«

Das war mir auch schon aufgefallen. Das letzte Bild im Album zeigte einen gelangweilten Theo, der sich nicht mehr die Mühe machte, für den Fotografen zu lächeln. Mir wurde klar, daß Donald schon einiges aufbieten müßte, um dieses Gesicht wieder aufzuheitern.

Eines der älteren Bilder zeigte Theo als Teenager mit etwas längeren Haaren und einem Säugling auf dem Schoß, offensichtlich Svetlana. Auf einigen anderen Fotos tauchte ein anderes Mädchen, vielleicht sechs oder sieben Jahre älter als Svetlana, auf.

»Das ist meine Schwester Ilse«, erklärte Svetlana. »Aus der ersten Ehe meiner Mutter. Meine Mutter war geschieden, als sie meinen Vater heiratete. Ilse hat kaum Kontakt zu Theo. Sie haben sich nie verstanden.«

»Was macht sie beruflich?«

»Sie ist Bürokauffrau bei einem Japaner in Düsseldorf. Ziemlich langweilig, nachdem sie eine Zeitlang ziemlich wild war. Da ist meine Lebensart geradezu bürgerlich dagegen. Aber dann hat sie Dirk, ihren heutigen Mann, kennengelernt und ist voll auf die spießige Art umgeschwenkt. Sie war übrigens voll dagegen, daß ich Sie gebeten habe, nach Theo zu suchen. Sie meint, das wären Familienangelegenheiten.«

»Was hat Ihre Mutter gemacht, bevor sie Ihren Vater geheiratet hat?« wollte ich wissen.

»Oh, sie hatte schon eine ganze Zeit nicht mehr gearbeitet, weil sie sich ja um Ilse gekümmert hat. Sie war mit einem Lehrer verheiratet, aber das hat nicht geklappt. Ursprünglich war sie Arzthelferin, und nach der Scheidung hat sie für ein zwei Jahre wieder gearbeitet, nämlich bei Dr. Hohm, bei dem auch Theo lange in Behandlung war. Da hat sie auch meinen Vater kennengelernt.«

Ich blätterte weiter durchs Album. Kinderbilder, Jugendbilder, Familienbilder. Wenn die Eltern dabei waren, fehlte Theo meistens. Logisch, denn er hatte nach Svetlanas Geburt nicht mehr lange mit ihnen unter einem Dach gewohnt. Geburtstage, Weihnachten, Sommerurlaub. Wenn Theo nicht allein mit Svetlana, sondern auch mit den anderen zusammen abgebildet war, wirkte er so, als ob er nicht mit vollem Herzen dabei wäre. Er stand häufig etwas abseits. Nie stand er in unmittelbarer Nähe zu seinem Vater.

Schließlich stieß ich auf ein sehr vergilbtes Schwarzweißfoto, das Dr. de la Cour in jungen Jahren zeigte, Theo im Alter von etwa sechs und eine Frau, die ich für Theos Mutter hielt.

»Das ist Theos Mutter«, bestätigte Svetlana auch sofort. »Das Bild habe ich ihm abgeluchst.«

Dr. de la Cour hatte sich in all den Jahren nicht viel verändert. Schon vor dreißig Jahren war er hager gewesen, und trotzdem machte er sich so breit, daß er seine erste Frau fast aus dem Bild drängte. Sie sah aus wie eine weibliche Ausgabe von Theo: schmal, bleich und abseits stehend. Wer sie umgebracht hatte, dürfte kaum schwere körperliche Gegenwehr zu erwarten gehabt haben.

»Gut, vielen Dank. Darf ich ein neueres Foto von Ihrem Bruder mitnehmen? Und kann ich auch Adresse und Telefonnummer von Ihrer Schwester haben?«

»Klar«, nickte Svetlana, während sie ein Foto aus dem Album rupfte, »da hab ich gar nicht dran gedacht, daß Sie auch mit Ilse sprechen wollen. Gute Idee. Echt professionell, muß ich schon sagen.«

Sie ging wieder zum Schreibtisch, um dieses Mal nach Ilses Adresse zu suchen. Ich versuchte währenddessen, die Ratte durch Blickhypnose davon abzuhalten, auf mich zu zu krabbeln. Ich hatte Erfolg, und das Nagetier wandte sich dem Regal mit den Einmachgläsern zu. Hoffentlich waren die gut verschlossen, sonst könnte einem eingemachten Frosch der ein oder andere Schenkel abhandenkommen.

Als Svetlana mir einen Zettel mit der Adresse ihrer Schwester nebst Warnung, diese könnte ein bißchen bissig sein, in die Hand drückte, klopfte es kurz an die Zimmertür, und sogleich stürmte der eben noch unrasierte Typ ins Zimmer. Er war inzwischen glattrasiert, gekämmt, trug ein sauberes Hemd mit Schlips, und ich erkannte ihn eigentlich nur an seiner

Stimme wieder. In der einen Hand hielt er eine Flasche Milch und in der anderen einen großen Pappkarton mit Corn-flakes.

»Hey«, brüllte er, »wollen wir zusammen frühstücken und ein bißchen über Musik reden?«

Ich sah auf die Uhr. Es war inzwischen halb drei. »Nein danke«, antwortete ich, »es ist bald Zeit für meinen Fünf-Uhr-Tee.«

»Schwirr ab, Sebastian«, sagte Svetlana weniger höflich, »Frau Wenger und ich haben ernsthafte Themen zu besprechen.«

»Ach, es geht um deinen verlorengegangenen Bruder. Na dann, viel Glück bei der Suche. Und keep swinging.« Er verschwand.

Ich räusperte mich. »Wem haben Sie eigentlich alles erzählt, daß wir Theo suchen?« fragte ich.

»Ach, eigentlich allen. Ich war so froh, daß Sie und Donald mir helfen, daß ich es einfach allen Leuten erzählen mußte, die mir über den Weg gelaufen sind. Sollte ich das nicht?«

»Es macht wahrscheinlich nichts«, antwortete ich.

Svetlana brachte mich zur Tür. Ich war dankbar dafür, weil ich mich sonst vielleicht im Flurdschungel verlaufen hätte. Irgendwie sah alles anders aus als auf dem Hinweg. Wahrscheinlich hatte ein vorbeifahrender Güterzug mit 32 Kohlenwagen durch seine Schwingungen den ganzen Krempel heftig umgeschichtet. So war mir zum Beispiel das fast einen Meter hohe Pappmodell vom Kölner Dom zuvor nicht aufgefallen, dessen Domplateau liebevoll mit Modellbahn-Figuren verziert war.

»Lars!« schnaubte Svetlana im Vorbeigehen. »Hoffentlich nimmt er seinen verdammten Petersdom mit, wenn er auszieht.«

9.

Rollende Rollen rollen über die Ruhrallee. Rollende Rollen rollen über die Ruhrallee – wie oft hatte ich meiner Mutter diesen Spruch vorsprechen müssen! Nie war sie zufrieden, denn bei dem breiten Ruhrgebietsdialekt, den ich mir von den Nachbarskindern abgehört hatte, sprach ich den Satz wie »Rollende Rollen rollen üba die Ruha-allee« aus. Das paßte ihr nicht. Sie war zwar ein gefallenes Mädchen, aber sie legte trotzdem Wert auf Bildung und ordentliche Sprache.

Theo de la Cour und Rüdiger Baup hatten auf der Ruhrallee gewohnt, und nach dem Besuch bei Svetlana machte ich mich auf, um ihre Nachmieter zu besuchen. Während der Fahrt achtete ich darauf, ob mich vielleicht jemand verfolgte. Ich hatte keine Lust auf eine Wiederholung des Parkhausunfalls mit anderen Mitteln.

Von der Innenstadt, wo Svetlana wohnte, war es nicht mehr weit zur Ruhrallee, also fuhr ich nach meinem Besuch bei Svetlana nicht erst nach Hause. Das Haus, in dem Theo und Rüdiger ihre gemeinsamen Jahre verbracht hatten, lag zwischen der neuen Synagoge und dem Elisabethkrankenhaus auf dem nördlichen und schönsten Stück der Straße. In der Mitte der Fahrbahn befand sich hier ein breiter Fußweg mit Parkplätzen, die von alten Bäumen umrahmt wurden. Die Häuser auf der einen Seite stellten eine bunte, villenähnliche Mischung verschiedener Baustile dar und wurden teilweise durch kunstvolle Säulen und Balkons geschmückt. Vorgärtchen hatten sie alle. Leider krankte der Wohnkomfort etwas daran, daß rund um die Uhr endlose Autokolonnen zunächst den Berg hinauf zum Krankenhaus brausten, um sich dann hinter der Hauptverwaltung der Ruhrgas AG hinab ins Ruhrtal zu stürzen. Es hatte immer wieder Pläne gegeben, die Straße unterirdisch zu führen, aber offensichtlich war die Realisierung des Baus des Ärmelkanaltunnels ein Klacks dagegen.

Am südlichen Teil der Ruhrallee entstand seit einigen Jahren ein neues Industriegebiet mit gläsernen Büroburgen von Computerfirmen und anderen zukunftsweisenden Unternehmen, die normalerweise alle nach spätestens fünf bis sechs Jahren pleite gehen. Sozusagen das »Silicon Valley« von Essen. Hier arbeitete auch mein neuer Nachbar, Lothar Osieck, der ein sogenannter »Support« bei einem Rechnerhersteller war. Wen oder was er da unterstützte, war mir allerdings schleierhaft, aber er ließ bei unseren gelegentlichen Unterhaltungen nie die Spur eines Zweifels darüber aufkommen, daß die Firma ohne ihn zusammenbrechen würde.

Das Haus, das ich ansteuerte, war zweigeschossig. Im Erdgeschoß drei Fenster, darunter ein riesiges Erkerfenster, im ersten Stock zwei Fenster und ein Balkon über dem Erker, das Dach flach. Die Eingangstür wurde von zwei dünnen Steinsäulen eingerahmt. Ein kleines Steinmäuerchen trennte das gepflegte Vorgärtchen vom Bürgersteig.

Ich ging zur Haustür und entdeckte zwei Klingelschildchen. Ein Namensschildchen war schon etwas verwittert und abgenutzt, das andere strahlte sauber und gab in fetter Computerschrift den Namen *Marquart* wieder. Ich entschied mich für dieses Schildchen und drückte kräftig darauf.

Mir wurde aufgemacht, und ich trat in ein enges Treppenhaus, von dem aus eine Tür direkt in die

Parterrewohnung führte. Weil sich hier nichts tat, stieg ich die Stufen zur ersten Etage hinauf. Hier hatte ich mehr Erfolg.

Hinter einem geöffneten Türspalt verbarg sich etwas, was ich für ein menschliches Gesicht hielt. Offensichtlich waren vertrauensbildende Maßnahmen angesagt.

»Herr Marquart?« säuselte ich mit süßlichster Vertreterstimme. Diesen Ton schlage ich immer an, wenn ich Felix dazu überreden will, seine Kalktabletten zu essen. »Darf ich mich vorstellen? Wenger ist mein Name. Ich möchte Ihnen gerne, wenn es Sie nicht stört, ein paar persönliche Fragen zu Ihrem Vormieter stellen. Das ist rein privates Interesse.«

Er öffnete die Tür und ergriff vorsichtig meine ausgestreckte Hand.

Heute ist es bei einigen jungen Männern ja Mode, sich die Haare bis auf einen winzigen Rest abschneiden zu lassen. Dieser hier hatte ungefähr noch so viele Haare wie ein hartgekochtes Ei. Allerdings schien das größtenteils keine Laune seines Frisörs, sondern der Natur gewesen zu sein. Die Haarpracht hatte sich wohl überwiegend selbst verflüchtigt, und dem Rest, der dem Träger geblieben war, hatte er mit einer Politik der verbrannten Erde den Garaus gemacht. So eine Frisur muß nicht unbedingt unattraktiv sein. Leider fehlte meinem Gegenüber aber der friedliebende und väterliche Charme eines Jean-Luc Picard.

Ich schätzte ihn auf Ende Zwanzig. Er trug ein blau-weiß gestreiftes Hemd, rote Hosenträger und eine rote Fliege. Er musterte mich mit Neugierde. »Ja, bitte?« sagte er.

»Es geht um Herrn de la Cour, Ihren Vormieter. Sie sind doch erst kürzlich hier eingezogen, oder?«

Er nickte. Ich sagte ihm meinen Sermon auf, warum ich Theo suchte, und wie sehr er mir helfen könnte, falls er Theo bei der Wohnungsübergabe getroffen hätte.

Er bat mich einzutreten. Die Möbel waren noch nicht komplett eingeräumt, und es roch nach frischem Holz. Ein paar Umzugskartons standen noch ungeöffnet herum.

Ich hatte etwas Hemmungen, mich auf das schrillbunte Sofa zu setzen, weil es, wie auch der Rest der Einrichtung, nicht so aussah, als wäre es schon komplett abbezahlt. Theos Nachmieter bot mir mehrere Getränke an, die alle mehr Alkohol beinhalteten, als meinem Führerschein guttat. Wir einigten uns schließlich auf Orangensaft. Während er in der Küche war, um den Saft zu holen, war ich so frei, auf einen seiner Kontoauszüge zu schauen, die mit allerhand Papierkram lose auf einem gläsernen Beistelltisch lagen. Er war mit 15.000 DM in den Miesen. Ich gab mir daraufhin besonders viel Mühe, keinen Saft auf das Sofa zu schlabbern.

»Klar, der war hier, als ich die Wohnung besichtigt habe«, erzählte Marquart. Ich hatte ihm, um das Erinnerungsvermögen zu stärken, das Foto von Theo unter die Nase gehalten, das ich von Svetlana bekommen hatte. »Er hat da noch hier gewohnt, aber die Wohnung war schon ziemlich leer. Er hat mich gefragt, ob ich die Küche übernehmen wollte.«

»Und, wollten Sie?«

»Nein. Ich habe mir eine neue machen lassen, nach meinen eigenen Vorstellungen.«

Aha. Unter anderem erklärte das den Kontostand.

»Haben Sie sich sonst noch über etwas unterhalten?« fragte ich.

»Nein, er war ziemlich wortkarg. Es ging ja auch

nur darum, daß ich die Aufteilung der Wohnung sehen wollte. Ich erklär Ihnen kurz die Hintergründe: er war da, ich war da, die Vermieterin war da und ein Makler. Wir kamen nicht direkt zum Reden. Es war mehr wie eine Führung.«

»Hat er nicht gesagt, wieso er auszieht?«

»Doch.« Marquart legte seine Stirn in Falten, bis sie aussah wie Rührei. Die Spannung stieg, während er nachdachte. Er saß neben mir auf dem Sofa, ein Stückchen zu nah für meinen Geschmack. Ich gab einen kurzen Huster von mir. Das reicht im Winter manchmal, um Bewegungsfreiheit zu bekommen.

Er wich auch tatsächlich etwas zurück, aber nur um sich dann, als die Erinnerung wach wurde, wieder zu mir hinüber zu beugen. »Er hat gesagt, die Wohnung und das Haus wären sehr schön, und er würde nur ausziehen, weil er Eigentum erworben hätte.«

»Eigentum?!«

»Ja, das hat er gesagt. Es fällt mir jetzt alles wieder ein. Das war, als wir hier im Wohnzimmer standen. Wir standen da, wo jetzt mein Hi-Fi-Möbel ist.« Das »Hi-Fi-Möbel« füllte etwa ein Drittel des Raumes und strahlte eine Atmospähre aus, die ich sonst nur vom Fernsehen her kannte, wenn der Pathologe in den Eiskeller geht, um die Leiche zu begutachten. Eigentlich müßten die Hersteller einem Schmerzensgeld zahlen, wenn man sowas tatsächlich in der trauten Stube aufstellt.

»Wir standen also da«, fuhr Marquart fort und rückte wieder ein Stückchen näher an mich heran, »und Theo sah aus dem Fenster und sagte eigentlich eher zu sich selbst als zu einem anderen: 'Ich dachte immer, ich würde hier alt werden, aber das ist jetzt anders, und ich ziehe in meine eigene Wohnung.'«

Ein kleines Lämpchen blinkte ganz hinten in meinem Gehirn. Ich ließ es blinken. Mir war noch nicht klar, warum es angegangen war. »Das ist ja interessant«, sagte ich. »Davon wußte in seiner Umgebung niemand etwas.«

»Nein? Das ist aber komisch. Vielleicht will er Sie alle überraschen. Würde das zu ihm passen?«

»Möglich. Hat er gesagt, wo diese Wohnung ist?«

»Nein. Ich habe auch nicht danach gefragt. Es war einfach nur eine Feststellung von ihm. Es hat mich nicht weiter interessiert. Ich wollte nur die Wohnung besichtigen.«

Das Lämpchen wurde greller, und dann verstand ich, warum es leuchtete. Theo! Marquart hatte Theo gesagt. Woher kannte er diesen Vornamen? Für ihn war Theo doch nur Herr de la Cour gewesen. Selbst wenn er den Vornamen auf einem Dokument oder vielleicht auf Theos Türschild gesehen hatte, dürfte er ihn sich kaum gemerkt haben oder ihn gar benutzen.

»Sie haben Herrn de la Cour außer bei dieser Wohnungsbegehung nie getroffen, oder? Kam er später vielleicht noch mal vorbei, um Sachen abzuholen?«

»Nein, keineswegs.«

»Bekommen Sie manchmal noch Post für ihn?«

»Nein, nie. Wahrscheinlich hat er einen Nachsendeantrag gestellt.«

Sein rechter Arm lag nun hinter mir auf der Sofalehne. Ich würde mich nicht von einem Lügner anbaggern lassen. Ich sah auf meine Armbanduhr.

»Müssen Sie schon gehen?« fragte Marquart mit bedauerndem Lächeln.

»Ja, mittwochs machen die Metzger immer so früh zu«, sagte ich, »und ich muß noch dringend einkaufen.«

»Oh«, entgegnete er, »also ich für meinen Teil, ich koche leidenschaftlich gerne.« Dabei war seine Frisur sicherlich von Vorteil, dachte ich. Bei ihm würde man nie ein Haar in der Suppe finden. »Wenn Sie möchten, könnten wir doch mal zusammen was brutzeln.«

»Nicht nötig«, antwortete ich, »ich koche so gut wie nie. Mein Mann ißt nur rohes Fleisch.«

Er zog seinen Arm wieder ein und richtete sich auf. »Nun gut«, nickte er, während er ebenfalls auf seine Uhr sah, »es ist tatsächlich schon spät. Es tut mir leid, daß ich Ihnen in bezug auf Ihren Bekannten nicht weiterhelfen konnte.«

»Sie haben mir sehr geholfen«, beteuerte ich. Das war nicht gelogen. Er hatte sich die Mühe gemacht, mir über Theo die Unwahrheit zu sagen – gezielte Desinformation, wie Mitarbeiter des Pentagons sagen würden. Die Sache mit der Eigentumswohnung war doch reine Erfindung. Offensichtlich wußte er mehr, als er sagen wollte, und versuchte bewußt, mich in eine falsche Richtung zu locken.

Als wir in der kleinen Diele standen und unsere Verabschiedungszeremonie einleiten wollten, klingelte das Telefon. Es war mir vorher im Wohnzimmer aufgefallen – es war ein Gerät in Form einer Mikkey-Maus. Marquart entschuldigte sich hastig und ging ins Wohnzimmer zurück. Ich bummelte währenddessen in seine Küche und bewunderte die eingepaßten Schränke. An einer freien Wand hing Warhols Suppendose, genug, um einem den Appetit zu verderben. Der Blick aus dem Fenster ging in den spätherbstlichen Garten, die Äste einer Kastanie schlugen fast gegen die Scheiben. Bei der letzten Kastanienblüte war Rüdiger gestorben. Theo war aus der Wohnung fortgezogen, bevor der Baum wieder blühen würde.

Auf dem Fensterbrett lagen persönliche Unterlagen von Marquart. Nachdem ich mich vergewissert hatte, daß er noch telefonierte, blätterte ich schnell durch den kleinen Papierstapel. Da war eine noch unbezahlte Telefonrechnung, eine Einladung für eine Butterfahrt ohne Kaufzwang nach Luxemburg, eine BAP-Konzertkarte – wenn es eine Karte für Al und Romina gewesen wäre, hätten wir über das gemeinsame Kochen nochmal reden können – eine Postkarte aus der Karibik von *Ilse und Dirkie* und ganz unten noch etwas, was mich interessierte. Ich schob es schnell wieder zurück, als ich hörte, daß Marquart auflegte.

Wir verabschiedeten uns höflich. Es gab einiges, über das ich im Treppenhaus nachdenken konnte. Warum hatte Marquart mich angelogen? Und warum hatte er unter seinen Unterlagen auf der Fensterbank ein Foto von Theo?

10.

Ich hatte eigentlich vorgehabt, das Haus zu verlassen, aber als ich im Treppenhaus stand, überlegte ich mir, daß ich noch eben versuchen könnte, die Bewohner des Erdgeschosses, wenn sie zufällig zu Hause wären, zu interviewen. Vielleicht hatten sie ja etwas vom Kommen und Gehen in der oberen Wohnung mitbekommen.

Auf dem Klingelschildchen stand *Woelk*. Mir öffnete eine alte Frau, die eine Schürze umgebunden hatte und eine Spülbürste in der Hand hielt. Ich hatte mir offensichtlich mal wieder den besten Augenblick ausgesucht.

Ich entschuldigte mich für die Störung und wollte sofort wieder einen Rückzieher machen, aber sie war neugierig geworden und wollte mich nicht gehen lassen.

»Sprechen Sie ein bißchen lauter, junge Frau, denn hören kann ich nicht mehr so gut.«

Als ich mich vorstellte und erklärte, daß ich wegen Theo käme, bat sie mich sofort herein.

»Aber ich halte Sie doch von der Arbeit ab«, brachte ich hervor.

»Ganz und gar nicht. Ich spüle weiter, und Sie trocknen während dessen ab«, entgegnete sie. Ich konnte mich dieser Logik nicht verschließen und folgte ihr in die gute Stube. Sie hatte im Wohnzimmer nicht allzuviel Mobiliar, aber alles war erstklassig in Schuß. Eine glänzende Eichenholzkommode, auf der gerahmte Familienbilder standen. So hatte ich das von meiner Oma auch gekannt. Kinder und Erwachsene in verschiedenen Entwicklungsphasen, erst in Schwarzweiß, dann in Farbe, schließlich mit eigenen Kindern. Nur ein junger Mann in Wehrmachtsuniform war nicht älter geworden. Ein paar Sitzmöbel und ein übergroßer, nagelneuer Fernseher rundeten die Einrichtung des Wohnzimmers ab.

Die Sessel und das Sofa paßten nicht zusammen, waren mit bunten Kissen aufgefüllt und wirkten unterschiedlich alt. Jedes dieser Möbelstücke hatte mehr Charakter als Marquarts gesamte Einrichtung zusammen – inklusive Marquart. Wahrscheinlich hatte jede Sitzgelegenheit seine eigene Geschichte, von Kindern, die Burgen daraus gebaut hatten, von Enkeln, die darin geschlafen hatten, von Familienklatsch, der darin erzählt worden war.

Wir gingen sofort weiter in die Küche, deren Linolboden so strahlte und glitzerte wie das Eis in der Eishalle Essen-West, und stellten uns an die Spüle, wo Teller und Töpfe warteten. An den Wänden hingen krakelige Kinderzeichnungen: *Von Anna für Urgroßoma, Von Jenny für Omama.*

Die Elektrogeräte waren aus den Fünfzigern, der Kühlschrank hatte einen Schnappverschluß und der Backofen kein Sichtfenster. Für Geräte in diesem Stil zahlte man heutzutage in exklusiven Designermöbel-Läden wieder Liebhaberpreise.

»Ihr neuer Nachbar erzählte mir, Theo de la Cour hätte Eigentum erworben«, begann ich, während ich einen Teller mit Goldrand trockenrubbelte, »wissen Sie auch was davon?«

Frau Woelk schüttelte energisch den Kopf. »Nein. Ich glaube das auch nicht. Woher sollte er auf einmal das Geld herhaben? Warum sollte er für sich eine Wohnung kaufen, obwohl er plötzlich allein war? Und warum hat er dann fast alle seine Möbel vom Sperrmüll abholen lassen?«

»War das tatsächlich so?« Ich hätte vor Schreck fast einen Teller fallen lassen.

»Ja, alle Möbel wurden abgeholt. Er hat sie vor die Tür gestellt. Ich habe ihn gefragt, was das sollte, aber er wollte es mir nicht sagen. Da war ich sehr traurig drüber, weil wir uns nämlich immer so gut verstanden haben. Ich gebe ja zu, daß ich anfangs etwas erschrocken war, als mir klar wurde, daß zwei Homosexuelle ins Haus zogen. Ich bin halt konservativ. Aber sie haben mich bald eines Besseren belehrt. Sie waren so nett und ordentlich! Sie waren sehr ruhige und hilfsbereite Menschen, ganz so, wie man sich gute Nachbarn wünscht. Nicht so wie dieser Marquart, der immer so laut seine Musik hört, daß sie selbst eine schwerhörige alte Schachtel wie mich stört.«

»Und dann ist er verschwunden, nachdem er seine Möbel weggegeben hat?« hakte ich nach.

»Ja, und er hat sich nicht bei mir verabschiedet. Das war so gar nicht seine Art. Aber überhaupt habe ich ihn nach dem Tod von Herrn Baup kaum noch wiedererkannt. Ich kann das natürlich in gewisser Hinsicht verstehen. Als mein Mann gefallen ist, hatte ich auch keinen Lebensmut mehr. Aber ich mußte ja nach vorn sehen, wegen der Kinder. Sie sind ja dann auch alle prächtig geraten.«

Ich befürchtete, sie würde in einen längeren Monolog abgleiten, und fragte schnell, ob Theo in der letzten Zeit Besuch gehabt hätte, der ihr aufgefallen war.

»Nein, aber ich habe ihm auch nicht nachspioniert. So eine bin ich nicht. Früher hatten die beiden schon mal häufiger Besuch, da ist auch die Familie von Herrn Baup ab und zu gekommen, alles anständige Leute. Aber nach seinem Tod war es oben noch stiller als sonst.«

»Und Sie haben auch nicht gesehen, wie Herr de la Cour weggefahren ist?«

»Nein. Es war ein Schock für mich, als sich plötzlich Marquart als mein neuer Nachbar vorstellte. Ich hatte nicht gewußt, daß Herr de la Cour weg war. Und Marquart ist wirklich eine Plage. Seine neureichen Freunde – Yuppies nennt man sowas heute wohl – fahren laut hupend mit ihren Straßenkreuzern vor und telefonieren noch im Treppenhaus mit ihren tragbaren Geräten. Ich mag das nicht, da sollen ungesunde Wellen von ausgehen, haben sie kürzlich im Fernsehen gesagt.«

»Ja, so einen habe ich auch neuerdings im Haus«, seufzte ich und dachte an Osieck aus der Wohnung unter mir, »wissen Sie, ob manchmal noch Post für Herrn de la Cour kommt?«

»Nein, da kommt ganz bestimmt nichts. Ich kenne nämlich die Briefträger und unterhalte mich schon mal mit ihnen. Sie hätten mir bestimmt gesagt, wenn sie noch etwas für ihn dabeigehabt hätten. Aber Marquart«, fuhr die alte Dame fort und schruppte voller Wut an einer Pfanne herum, die höchstens bei Betrachtung durch ein Elektronenmikroskop noch etwas Dreck gezeigt hätte, »der bekommt dauernd Kataloge in neutralen Umschlägen. Ich kann mir schon vorstellen, was da für ein Schweinkram drin ist. Die Briefträgerin, die am häufigsten hier ist, sagte mir, das seien einschlägig bekannte Absender. Ich kann Ihnen sagen, ich sehne mich täglich nach der Zeit, als Herr Baup und Herr de la Cour noch hier wohnten und im Haus noch Anstand herrschte.«

Nachdem ich den Spüldienst hinter mich gebracht und mich bei Frau Woelk für ihre Auskunftsfreudigkeit bedankt hatte, stieg ich wieder in den Jaguar. Ich war mir sicher, daß sich in der ersten Etage etwas am Fenster bewegte. Marquart hatte bestimmt mitbekommen, daß ich im Erdgeschoß Station gemacht und mir eine zweite Meinung angehört hatte. Daß er mich jetzt beobachtete, stärkte mein Mißtrauen ihm gegenüber.

Ich überlegte mir, ob ich noch Svetlanas Schwester aufsuchen oder ob ich diesen sicherlich unangenehmen Besuch zusammen mit Donald unternehmen sollte. Ilse war als bissig beschrieben worden, da hatte ich lieber noch jemand anderen dabei, der möglicherweise die für mich bestimmten Wadenbisse einfangen könnte.

Im Autoradio dudelte Herbert Gröhlemeier, das war mehr, als ich ertragen konnte. Ich floh auf BFBS, wo man mich sofort mit Tears for Fears beglückte. Danach kamen die endlosen Grüße: »Love and miss you all, can't wait till R & R.«

Ich fand, ich hätte mir auch etwas Ruhe und Erholung verdient und fuhr schnurstracks nach Hause.

Im Briefkasten fand ich die Postkarte, die ich am Sonntag an Theo geschickt hatte. Sie war mit einem Stempel versehen, der verschiedene Möglichkeiten vorgab, warum die Karte nicht zugestellt werden konnte. Angekreuzt war: *Unbekannt verzogen.*

11.

»Ich muß sagen«, knurrte Donald und runzelte die Stirn, »daß mir das gar nicht gefällt, daß dieser Marquart ein Foto von Theo bei sich rumliegen hat.«

Ich kicherte. »Du siehst lustig aus, wenn du eifersüchtig bist.«

Es war Mittwoch abend. Ich hatte gewartet, bis eine Studentin, die sich mit Kinderhüten etwas Geld verdiente, eingetroffen war, um auf Felix aufzupassen, und war dann losgefahren und hatte Donald abgeholt. Wir wollten uns in die Höhle des Löwen wagen und Svetlanas Schwester aufsuchen, um festzustellen, ob sie wirklich so schlimm war wie ihr Ruf.

Auf dem Weg zu ihr hatte ich Donald von meinen Erlebnissen vom Nachmittag erzählt. Vor allem meine Entdeckungen bei Marquart gefielen ihm nicht.

»Ich glaube aber, daß du dir in dieser Beziehung keine Sorgen machen mußt«, sagte ich, während wir von Rüttenscheid aus die Alfredstraße nach Süden fuhren, »bestimmt hat jemand Marquart auf meinen Besuch vorbereitet und ihm auch dieses Foto gegeben, damit er überhaupt weiß, wie der Mann aussieht, über den er lügen sollte. Und er hat mich angelogen, ganz klar.«

»Das kann doch nur heißen, daß wir hier auf der richtigen Spur sind. Vielleicht sollten wir uns diesen Heini mal zusammen vornehmen«, sagte Donald.

»Zunächst müssen wir uns aber um Ilse Amberg-Krüger kümmern. So, wir sind da.«

Ilse Amberg-Krüger und ihr Mann Dirk wohnten wesentlich nobler als Svetlana, nämlich im Erdgeschoß eines Hauses in einer ruhigen Nebengasse der Bredeneyer Straße. Die Häuser in dieser Straße, sämtlich mit üppigen Gärten, stammten alle noch aus der Vorkriegszeit und waren größtenteils aufwendig renoviert und tadellos in Schuß. Ilses Haus war fast komplett blaßgrün gestrichen und glich in seiner Grundstruktur vielen Häusern in diesem Viertel: zwei hohe Stockwerke und ein Dachboden, sowie ein nur halb unterirdischer Keller, der in einigen Fällen als Souterrain-Wohnung genutzt wurde. Der Eingang war an der Seite, und um ihn zu erreichen, mußte man zunächst durch das Gartentörchen gehen und dann ein paar kleine Steinstufen erklimmen.

Über Mangel an Sicherheit brauchte Ilse sich nicht zu beklagen: das Haus war in direkter Nachbarschaft zum türkischen Konsulat, das rund um die Uhr von Polizisten bewacht wurde, die ihre Präsenz nicht verheimlichten.

Ich war mir sicher, daß Ilses Stiefvater ein bißchen für das Domizil seiner Tochter beigesteuert hatte, denn wenn das Ehepaar Amberg-Krüger auch nicht das ganze Haus allein bewohnte, so schätzte ich ihre Miet- oder Hypothekenbelastung doch auf eine Summe, die man lieber in Lire als in DM bezahlt. Ilse arbeitete bei einem japanischen Handelshaus in Düsseldorf, und ihr Mann war ein eher kleines Licht bei der Deutschen Bank, hatte Svetlana erzählt. Weder Ilse als Berufspendlerin noch er als Erdnußverkäufer würden sich übertrieben große finanzielle Sprünge erlauben können.

»Ob sie uns überhaupt reinlassen? Vielleicht halten sie uns ja für gefährlich«, mutmaßte Donald, während er seinen Zeigefinger etwas länger als unbedingt nötig auf den Klingelknopf preßte.

»Nach dem, was ich bisher von ihr gehört habe, könnte diese Begegnung eher für uns gefährlich werden«, sagte ich. »Am besten lassen wir uns was einfallen und nutzen dann den Überrumpelungseffekt, um einzudringen.«

»Gut, ich zünde schon mal die Blendgranaten.«

Während wir warteten, ließ ich meinen Blick umherschweifen. Der obligatorische Tannenzweigkranz mit Schleife hing an der Haustür. Neben uns in der Einfahrt standen ein japanischer Kleinwagen und ein Gefährt, das ich nach längerem Überlegen als einen Chrysler le Baron einordnete. Auf seinem Heck klebten diverse Angeberaufkleber, die den Besitzer als Urlauber auf Sylt, Träger der Kleidung von *Chef* und als Menschen, der sich nicht viel gönnt, identifizierten.

Schließlich wurde uns aufgemacht. Die Frau, die im Türrahmen stand, war offensichtlich Ilse Amberg-Krüger. Im gleichen Moment erklang vor unseren Füßen ein aggressives Kläffen, das entgegen meiner ersten Vermutung nicht von Ilse kam, sondern von einem Boxer, der neben ihr stand.

Ilse war etwas kleiner, als ich sie mir vorgestellt hatte, mit wallenden roten Locken, blassen Sommersprossen und einem Gesicht, das entfernt an ein Pferd erinnerte. Sie trug einen glitzernden Jogginganzug und zuviel Augen-Make-up.

»Good evening«, schmetterte Donald, »wir sind Heilige der letzten Tage, äh, Mormons, see? I am Elder Donald and this is –«

»Was soll der Tanz?« zischte sie.

»Wir sind weder die kleinen Könige, noch wollen wir Ihnen die Vorzüge einer Lebensversicherung preisen«, erklärte ich ihr. »Herr Dack und ich möchten mit Ihnen über Theo de la Cour sprechen. Das dürfte auch in Ihrem Interesse sein.«

»Soll das jetzt eine Drohung sein, oder was?«

»Weder eine Drohung noch was«, antwortete ich. »Wir dachten eher an ein Gespräch zwischen zivilisierten Leuten. Falls Ihr Zuhause gerade nicht vorzeigbar ist, können wir uns natürlich auch woanders treffen. Wir haben uns ja leider nicht anmelden können.«

»Kommen Sie rein«, knurrte Ilse und trat einen Schritt zurück. Wir folgten ihr in eine mit Surfbrettern vollgestopfte Diele. Wie auch ihre Schwester wohnte sie in einem Haushalt, in dem man es mit dem Freihalten von Brandfluchtwegen nicht so ernst nahm.

Das Wohnzimmer sah so aus wie die Bilder in den Katalogen, die ich jeden Donnerstag in der Tageszeitung liegen habe, und sein einziger individueller Charme wurde von einer Reihe großer Hundefotos ausgemacht, die wohl die Vorgänger des Boxers zeigten, der inzwischen begonnen hatte, genüßlich auf den Teppich zu sabbern. Die mit anthrazitfarbenem Kunststoff überzogene Wohnzimmerschrankwand beherbergte zwei Bücher – nein, vier, wenn man das Essener Telefonbuch und das Postleitzahlenverzeichnis mitzählte – die sehr zerfleddert waren und nach alten Schullektüren aussahen. Dafür gab es aber jede Menge Fernsehzeitschriften. Offensichtlich war *Wetten daß?* der kulturelle Höhepunkt des Monats.

»Sie sind sicher Frau Wenger«, vermutete Ilse richtig, während wir uns auf verschiedenen Sitzmöglichkeiten verteilten. Donald und ich öffneten unsere Mäntel, aber um sie ganz auszuziehen, fühlten wir uns nicht heimisch genug.

»Meine kleine Schwester zu nerven, reicht Ihnen wohl nicht mehr. Jetzt müssen Sie auch noch uns in unserer eigenen Wohnung heimsuchen.«

Ich wollte sie durch Widerspruch nicht unnötig reizen. »Ich dachte, daß es Sie vielleicht auch interessieren könnte, wo Ihr Bruder abgeblieben ist, Frau Amberg-Krüger. Allein schon, damit Ihre Mutter ein bißchen von ihrer Nervosität verliert.«

»Ich wüßte nicht, wie ich Ihnen bei der Suche nach Theo helfen könnte. Und außerdem –«

Sie wurde durch ein Geräusch auf der Treppe, die zum Keller führte, unterbrochen, und im nächsten Moment betrat ein Mann in Turnschuhen, Sporthose und durchgeschwitztem T-Shirt das Zimmer.

»Haben wir Besuch?« Der Mann rieb sich mit einem Handtuch den Nacken ab, was sich etwas schwierig gestaltete, weil sein rechter Arm in Gips verpackt war und ihm nur eine Hand für das Manöver zur Verfügung stand.

»Darf ich vorstellen: Frau Wenger und irgendein Freund von Theo, die uns mit ihrem Besuch beehren. Dirk Krüger, mein Mann.«

Dirk Krüger! Das war so ein Allerweltsname, daß ich nicht sofort geschaltet hatte, als er zum ersten Mal fiel. Ich hatte ihn nicht sofort mit dem Dirk Krüger in Verbindung gebracht, mit dem ich ein paar Schuljahre gemein hatte. Aber er war es, kein Zweifel.

Er hatte sich äußerlich kaum verändert. Nach wie vor war er so häßlich, daß die Milch sauer wurde, wenn er an einer Kuhweide vorbeikam. Weißblonde Fönfrisur, dicke, wulstige Lippen, eine Nase, als wäre er mehrmals gegen die Wand gelaufen, und ein Mund, der dauernd offen stand. Als Gegenstück dazu waren seine Augen, die ohne nennenswerte Wimpern und Augenbrauen auskommen mußten, meist zugekniffen. Vielleicht hatte er ja rote Iris – bei seiner Haarfarbe hätte er auch als Albino durchgehen können – und wollte das niemanden wissen lassen. In guten Augenblicken wirkte er verwirrt, in schlechten dumpf-aggressiv. In gewisser Hinsicht ähnelte er seinem Hund, aber zum Glück sabberte er nicht.

An seinem linken Handgelenk trug er eine Art Rolex. Seit unserer gemeinsamen Schulzeit hatte er außerdem noch einen Brilli fürs Ohr und diverse Silberkettchen erworben. Dirk war erst gegen Ende der Mittelstufe zu meiner Klasse gestoßen, nachdem er einige Ehrenrunden gedreht und ein paar Jahre im Internat verbracht hatte – eins von denen, die mit Anzeigen von der Art »wenn reiche Kinder dumme Schüler sind« in der *Welt am Sonntag* auf sich aufmerksam machen. Irgendwann im zwölften Schuljahr war Dirk klargeworden, daß er seine begnadeten Führerqualitäten nur als Offizier der Bundeswehr voll zur Geltung bringen würde, und daraufhin war er nach lautstarken Ankündigungen zu einem fünftägigen Eignungstest aufgebrochen. Am ersten Nachmittag schickten sie ihn wieder nach Hause. Das hatte mir meinen Glauben an die Streitkräfte zurückgegeben.

Zum letzten Mal hatte ich ihn vor ein paar Jahren bei einem Klassentreffen gesehen, wo er alle Anwesenden mit Geschichten darüber langweilte, was für coole und abgezockte Deals er angeblich als Mitarbeiter der Deutschen Bank durchführte.

»Veronika«, rief er nun, »ich wußte gar nicht, daß du das bist, die sich für Theo interessiert.«

»Oh, ihr kennt euch?« fragte seine Frau mit leicht säuerlichem Blick.

»Ja, Essen ist ein Dorf. Wir sind zusammen zur Schule gegangen. Ich würde dir gerne die Rechte geben, aber wie du siehst...« Er deutete auf seinen Gips.

»Tragisch«, sagte ich. »Wie konnte das passieren, Dirk? War das Bungee-Seil nicht straff genug gespannt?«

»Nein, ein kleiner Surf-Unfall. Wir waren gerade erst im Urlaub.«

Das erklärte die Sonnenbräune, die ich für Sonnenbank gegeben gehalten hatte. »Laß mich raten«, meinte ich. »Dominikanische Republik?«

»Genau! Woher weißt du das?«

»War nur so eine Idee«, log ich. Ein Armbruch war meiner Meinung nach noch eine harmlose Strafe dafür, daß er seinen Urlaub ausgerechnet in einem der ärmsten Länder der Welt verbringen mußte, vom hungrigen Pöbel durch hohe Club-Mauern getrennt.

»Ich ziehe mir eben was über«, sagte er. »Ich war im Kraftraum im Keller. Man muß immer in Form bleiben, da hält mich auch der Gips nicht von ab.« Er verschwand, und der sabbernde Hund hopste hinter ihm her.

Da Ilse Amberg-Krüger offensichtlich ohne ihren Anwalt nichts mehr sagen wollte und sich darauf beschränkte, uns naserümpfend zu mustern, übten wir uns in peinlichem Schweigen, bis Dirk wiederkam.

Er hielt eine Dose mit einem isotonischen Getränk in der linken Hand, die er seiner Frau hinstreckte: »Würdest du es mir aufmachen, Mäuschen?«

»Natürlich«, nickte sie mit zuckersüßem Lächeln. »Für meinen großen Jungen mache ich das gerne.« Wahre Liebe ist doch schön, dachte ich. Ich war nur deshalb so zynisch, weil ich schon so lange ohne auskommen mußte.

»Also, ihr beiden Hübschen. Womit können wir euch helfen?« fragte Dirk, während er seinen Muskelmacher schlürfte und dabei Geräusche von sich gab wie meine Toilettenspülung, wenn Felix mal wieder hinter meinem Rücken Spinat mit Fisch ins Klo geworfen hat.

Ich erzählte ihm meine übliche Geschichte und sagte, daß uns alles helfen könnte, was sie über Theo von der Zeit vor seinem Verschwinden wissen würden. Während Dirk überlegte und Ilse eine trotzige Ihr-könnt-mich-mal-Miene aufsetzte, studierte ich die Sprüche auf dem Gips. *Freie Sicht aufs Mittelmeer – weg mit den Alpen* hatte jemand daraufgeschrieben. Der Spruch war schon alt gewesen, als Dirk noch in der Schulpause die Hausaufgaben abgeschrieben hatte. Außerdem hatten sich noch Babsie, Sascha, Mucki, Maxie und Gerd verewigt. Ich nahm mir vor, so bald wie möglich im Telefonbuch nach Marquarts Vornamen zu suchen. Schließlich hatte noch jemand eine gigantöse, grüne Freiheitsstatue auf den Gips gemalt, die anstelle der Fackel ein Eishörnchen in der Hand hielt.

»Wir hatten wenig Kontakt zu Theo«, erzählte Dirk. »Da gab es wenig Gemeinsamkeiten. Du weißt vielleicht, daß er von der anderen Seite ist?«

»Huch!« sagte Donald und hielt sich die Hand vor den Mund.

»Das habe ich mir gleich gedacht, daß Sie auch so einer sind«, schaltete sich Ilse zänkelnd ein. »Ich hoffe, Sie haben nichts dagegen, daß mein Mann und ich auf spießige Art und Weise verheiratet sind.«

»Oh nein«, erwiderte Donald und sah sie unschuldig an, »ich habe nichts gegen Heteros. Jeder soll zu Hause machen können, was er oder sie will. Solange sie sich nur in der Öffentlichkeit anständig benehmen...«

Darauf fiel Ilse nichts mehr ein, und sie zog den Hund zu sich, um ihn hektisch zu kraulen. Er drückte seine Begeisterung darüber aus, indem er ihre Knie schlabbernd ableckte.

Ich sagte zu Dirk: »Ich dachte, Theo hätte euch vielleicht gebeten, bei seinem Umzug zu helfen.«

»Nein. Ich bin ja überhaupt noch nie in seiner Wohnung gewesen, warum sollte ich ihm da bei seinem Umzug helfen? Ehrlich gesagt, weiß ich noch nicht mal genau, wo er wohnte. Nein, ich fürchte, ich kann dir da nicht weiterhelfen.«

»Hatte er vielleicht sein Girokonto bei dir an der Bank?« fragte ich.

Bevor Dirk etwas Moderates antworten konnte,

fauchte Ilse los: »Weggenommen von der Deutschen Bank hat er es, kurz nachdem Dirk und ich geheiratet haben. Er hat zwar behauptet, das hätte irgendwas mit der Politik der Bank zu tun, die ihm nicht paßte, aber in Wirklichkeit war das seine Art, uns zu zeigen, was er von uns hielt.«

»Ach was«, sagte Dirk geniert, »das weißt du doch gar nicht.«

Um die Stimmung etwas zu entgiften, legte er eine Platte der Eagles auf, die sogleich gepflegte Langeweile verbreitete. Mir fielen keine Fragen mehr ein.

Wir tauschten noch ein paar Freundlichkeiten aus, und dann machten Donald und ich uns wieder auf den Weg. Dirk brachte uns zur Tür.

»Ist das dein Wagen?« fragte ich, als wir im Eingang standen, und zeigte auf den Chrysler.

»Ja«, bestätigte er, bemüht, bescheiden zu lächeln, »habe ich aus den Staaten überführen lassen. Hübsch, nicht?«

»So hübsch, daß man ihm gar nicht ansieht, daß er Europäer arbeitslos macht«, sagte ich.

Es war nicht der Boxer, der mir nachknurrte, sondern Dirk.

Als ich wieder zu Hause war, überprüfte ich im Telefonbuch Marquarts Vornamen.

Er hieß Gerd. Das konnte ein Zufall sein.

Oder auch nicht.

Im Traum selbst konnte er nicht schreien. Er hatte keine Kontrolle mehr über seinen Körper, weder über seine Zunge, die so im Mund rotierte, daß er glaubte, am Blut zu ersticken, noch über seine Lunge, die ihre Arbeit aufgegeben hatte, so daß er keine Luft mehr bekam.

Er lag auf dem Boden, eingeklemmt vor dem Einbauschrank, und konnte sich nicht mehr aufrichten. Seine Arme und Beine gehorchten ihm nicht mehr. Der Schrank schlug auf ihn ein, aber er konnte sich nicht wehren. Er hörte das dumpfe Knallen, wenn die Holztür gegen seinen Kopf schlug.

12.

»Gudrun de la Cour war eine außergewöhnliche Frau«, erklärte Dr. Hohm und lehnte sich in seinem lederbezogenen Drehsessel zurück, während er an einer widerlich stinkenden arabischen Zigarette zog. »Ich kannte sie ja fast so lange, wie ihr Mann sie kannte. De la Cour und ich haben schließlich zusammen studiert, und so kannte ich viele seiner Freunde. Sie war schmal und wirkte zerbrechlich, hatte aber einen starken und zähen Charakter, den man in einem so kleinen Persönchen nicht unbedingt vermuten konnte. Es war auch für mich ein schrecklicher Schock, als sie so tragisch verstarb.«

Wir saßen in Dr. Hohms hellem und modernem Empfangszimmer. Ich hockte auf dem Stuhl, auf dem für gewöhnlich ratsuchende Patienten Platz nahmen. Der Doktor hatte sich sofort bereit erklärt, mir ein paar Minuten seiner kostbaren Zeit einzuräumen, um über Theo und dessen Familie zu sprechen. Als er von Theos Mutter redete, bekamen seine Augen einen schwärmerischen Schimmer.

Er wirkte erheblich jünger als Josef de la Cour, obwohl sie ungefähr gleich alt sein mußten, und seine graubraunen Haare waren an den Seiten noch dicht. Seine Brille war von untertriebener Eleganz und paßte gut zu seinem rundlichen Gesicht. Ab und zu setzte er ein gewinnendes und durchaus charmantes Lächeln auf. Er trug keinen Ehering. Und auf dem Ebenholzschreibtisch stand kein Bild von seinen Lieben. Die eine Wand des Büros wurde vom obligatorischen Bücherregal beherrscht, die gegenüberliegende Wand schmückten ein bunter Kunstdruck und ein schwarzweißer Metallkalender, auf dem man nur dort eine Zahl ablesen konnte, wo ein kleiner schwarzer Magnetrahmen einen bestimmten Ausschnitt freiließ. Der Rest der Metalltafel sah so unkoordiniert aus wie eine gefleckte Kuh. Ich hatte zunächst versucht, noch andere Zahlen als die eingestellte zu lesen, das aber wegen drohender Kopfschmerzen schnell wieder aufgegeben.

Dr. Hohm hatte am Fenster zu seiner Linken die Lamellen der Jalousien etwas quergestellt, so daß wir ein paar Eindrücke vom Werdener Markt, an dem die Praxis lag, erhaschen konnten. Vor dem Fenster stand auch, auf einem Privatparkplatz, Dr. Hohms Wagen, ein weißer Mercedes mit fest verlötetem Stern. Weiße Mercedesse machten mich neuerdings etwas kribbelig.

»Ich war damals viel bei den de la Cours«, fuhr Dr. Hohm fort. Er drückte seine Zigarette weit vor dem Filter aus und zündete sich sofort eine neue an. »Wissen Sie, wir Ärzte glucken manchmal ganz gerne zusammen. Da wird man auf Parties nicht dauernd dumm angesprochen: Ach, Herr Doktor, sehen Sie mal meine Schulter, was kann man da wohl machen? Und was soll ich bloß gegen meinen Heuschnupfen tun? Ich hab schon alles versucht, aber die Verstopfungen wollen einfach nicht weggehen. Sowas in der Art halt.«

Ich nickte verständnisvoll.

»Aber ich schweife ab. Sie wollten ja eigentlich etwas von Theo de la Cour hören. Wie bin ich jetzt überhaupt auf Gudrun gekommen?«

Ich wußte es auch nicht mehr. Kaum, daß ich mich vorgestellt hatte, hatte er angefangen, von Theos Mutter zu sprechen.

»Aber erzählen Sie doch weiter«, drängte ich. Hier hatte ich endlich mal Gelegenheit, von neutraler Seite etwas über die Vergangenheit von Theos Familie zu hören. Oder war es doch keine neutrale Seite? »Sie kennen doch auch Margarete de la Cour, oder? Sie hat doch hier gearbeitet?«

»Ja.« Seine Miene verdunkelte sich etwas. »Die beiden haben sich hier kennengelernt. Als Theo als Jugendlicher hier in Behandlung war, hat sein Vater ihn schon mal gebracht. Sie war eine gute Kraft. Ich finde sie allerdings insgesamt zu leblos, zu mumienhaft. Nun, das ist natürlich Geschmackssache.«

Ich hatte den Eindruck, daß der Doktor gerne mit mir sprach. Sicher war das eine willkommene Abwechslung von den ewigen Litaneien seiner Patienten, die sich, dem Publikum im Wartezimmer nach zu urteilen, hauptsächlich aus wohlhabenden älteren Damen zusammensetzten. Sie waren ganz entzückt gewesen, als ich mit Felix die Arztpraxis betreten hatte, und hatten sich sofort seiner angenommen. Sie wollten sich um ihn kümmern, während er das Aquarium im Vorzimmer begutachtete, und aufpassen, daß er keinen Unfug anstellte, solange ich mit Dr. Hohm sprach.

Da ich sofort zum Doktor gelassen wurde und nicht warten mußte, nahmen sie wohl an, ich sei das Opfer einer besonders ernsten Krankheit, und mitleidige Blicke (»Oh, und noch so jung!«) begleiteten mich, als ich hinter der gepolsterten Tür verschwand.

»Ich habe gehört«, sagte ich, »daß die Ehe zwischen Josef und Gudrun de la Cour zum Schluß kurz vor der Scheidung stand ...«

Dr. Hohm zögerte etwas, sah dann kurz erst mich an und dann auf die Tür. Schließlich murmelte er: »Gudrun war nicht glücklich. Ich schätze Josef als einen Freund, aber ich muß trotzdem sagen, daß er zu grob für sie war. Aber sie hätte sich nie scheiden lassen, allein schon wegen Theo. Außerdem hätte eine Scheidung ihn ruiniert. Seine finanzielle Situation war damals ein Drahtseilakt. Eine Scheidung hätte ihm das Genick gebrochen.«

Der Doktor steckte sich eine weitere Zigarette an. Ich konnte einen spöttischen Blick wohl nicht verbergen, denn er erklärte: »Wir Ärzte rauchen doch fast alle. Ich darf nicht vergessen, gleich ordentlich zu lüften, bevor Sie gehen. Ich habe einige Patienten, denen ich das Rauchen verboten habe, die bringen mich um, wenn sie hier einen vollen Aschenbecher sehen.«

Wir lachten. »Erzählen Sie von Theo«, bat ich. »War er auch bei Ihnen in Behandlung, nachdem er und seine Mutter überfallen worden sind?«

Er wurde wieder ernst. »Nein. Die erste Hilfe hat sein Vater geleistet, dann ist er ins Krankenhaus gekommen. Aber gleich nach seinem ersten epileptischen Anfall kam er zu mir in Behandlung, das war schon kurz danach. Ich habe ihn die ganze Zeit betreut, bis vor ein paar Monaten. Wir hatten die Sache lange gut unter Kontrolle. Aber nach dem Tod seines

Freundes hatte er wieder Anfälle. Er war einem kompletten körperlichen und seelischen Zusammenbruch nahe.«

»Wann genau war er zum letzten Mal bei Ihnen?«

»Moment.« Der Arzt begann, auf der Computertastatur herumzuklimpern, die neben Bildschirm, Briefbeschwerer und einem hölzernen Oldtimermodel auf seinem Schreibtisch stand. Er nannte mir das Datum. Es war vor drei Monaten gewesen.

»Ich war ziemlich überrascht, daß er die Behandlung woanders fortführen wollte«, sagte Dr. Hohm. »Aber ich habe ihm da nicht reingeredet. Das ist nicht meine Art. Natürlich ist mit Epilepsie nicht zu spaßen, aber das weiß de la Cour selbst. Ich hatte fast damit gerechnet, er würde sich einen neuen Arzt suchen, als er ein junger Erwachsener war. Viele Leute machen das. Sie wollen nicht mehr zu einem Arzt, der sie mal geduzt hat und den ihre Eltern für sie ausgesucht haben. Aber Theo ist geblieben, und wir haben ein sehr vertrauensvolles Verhältnis aufgebaut.«

»Sein Freund ist an Aids gestorben«, sagte ich. »Wissen Sie, ob er es auch hat?«

Er wandt sich etwas auf seinem Stuhl und sah wieder zur Tür. »Ich darf Ihnen das natürlich nicht sagen. Aber de la Cour ist nun mal verschwunden, und wenn es hilft, ihn wiederzufinden... Also, direkt am Anfang seiner Beziehung zu seinem letzten Freund ist er zu mir gekommen und hat gesagt, daß sein Freund HIV-positiv sei. Er wollte wissen, wie er sich im täglichen Umgang und in einer gemeinsamen Wohnung mit ihm vor einer Ansteckung schützen könnte. Ich habe ihm Ratschläge gegeben, und ich gehe davon aus, daß er sie befolgt hat.«

»Vielen Dank, ich weiß jetzt schon viel mehr«,

meinte ich. »Sie haben mir sehr geholfen. Ich gehe jetzt lieber, bevor mein Sohn das Wartezimmer abreißt.«

»War mir ein Vergnügen«, antwortete Dr. Hohm, während er aufstand und das Fenster aufriß. Novemberkälte strömte ins Zimmer. Er geleitete mich zur Tür. Bevor er sie öffnete, sagte er: »Sie haben mich eben gefragt, ob Josef de la Cour und Gudrun sich scheiden lassen wollten. Wenn sie es getan hätten – ich hätte Gudrun sofort genommen.«

Donald und ich hatten uns vorgenommen, am Freitag Dr. Bonnes aufzusuchen, den Arzt, bei dem Theo zuletzt gegen den Willen seines Vaters in Behandlung gewesen war. Nachdem ich am Donnerstag bei Dr. Hohm vorstellig geworden war, hatte ich eigentlich vorgehabt, die Detektivarbeit ruhen zu lassen und mich statt dessen in die Innenstadt zu stürzen, um am Einkaufsgetümmel teilzunehmen, aber dann quälte mich doch mein Gewissen so sehr, daß ich mich dazu aufraffte, Svetlana anzurufen und sie zu fragen, ob sie Gerd Marquart als einen Freund ihrer Schwester Ilse kannte.

Ich wählte also die Nummer der Wohngemeinschaft, und als ich nach mehrfachem Klingeln schon befürchtete, Svetlana und ihre Freunde hätten die Telefonrechnung nicht bezahlt und ihre Leitung wäre deshalb gekappt worden, meldete sich schließlich eine verschlafene Stimme, die ich als die des Musikfreundes Sebastian identifizierte.

Was er sagte, klang nach »Wers'n da?«

»Annette Jäger, guten Tag«, sagte ich. »Kann ich mit Frau de la Cour sprechen?«

»Klaro. – Svetlana! Telefon!« Dann etwas leiser: »Wie war noch mal Ihr Name?«

Zum Glück kam Svetlana so schnell an den Apparat, daß mir eine Antwort erspart blieb. Ich erklärte ihr, daß ich Theos Nachmieter besucht hatte und daß ich von ihr wissen wollte, ob er ein Freund von Ilse Amberg-Krüger sein könnte.

»Ehrlich gesagt, sagt mir dieser Name nichts«, antwortete sie. »Ein Glatzkopf, sagen Sie? Ich kenn da den ein oder anderen, aber ein Name fällt mir dazu nicht ein. Ich kenne ihren derzeitigen Freundeskreis nicht so gut, weil sie mich nur selten einlädt, wenn sie sonst noch Besuch hat. Ich hab manchmal das Gefühl, sie schämt sich für mich, weiß gar nicht, warum. Rosa, laß das!«

Vielleicht knabberte die Ratte die Leitung an. Bekamen dann beide Gesprächsteilnehmer einen Elektroschock? Vorsichtshalber hielt ich den Hörer ein bißchen vom Gesicht weg.

»Früher war das anders«, fuhr Svetlana fort, »da hing Ilse manchmal stundenlang zu Hause in meinem Zimmer rum und jammerte mir einen vor, wenn sie mal wieder Liebeskummer hatte. Aber seitdem sie verheiratet ist, hat sie sich nicht nur selbst verändert, sondern auch ihren Freundeskreis komplett ausgetauscht. Die Neuen sind fast alle so Karrieretypen.«

»Das würde zu Marquart passen«, sagte ich. »Vielleicht könnten Sie ihn sich mal ansehen? Möglicherweise erinnern Sie sich dann an ihn.«

So saßen wir am Abend gegen sieben Uhr im Dunkeln zu fünft in Svetlanas roter Ente und observierten das Haus auf der Ruhrallee, in dem Theo und Rüdiger gelebt hatten. Wir hatten ohne größere Probleme einen Parkplatz auf dem breiten, baumgesäumten Mittelstreifen der Allee gefunden und warteten darauf, daß Marquart nach Hause käme. In seiner Wohnung brannte kein Licht. Frau Woelk hatte in ihrem Wohnzimmer die Vorhänge zugezogen, um neugierige Blicke wie unsere auszusperren.

Svetlana saß auf dem Fahrersitz, ich daneben, und Felix, Donald und Rosa tummelten sich auf der Rückbank. Wir hatten weit entfernt von der nächsten Straßenlaterne geparkt, um nicht im Licht aufzufallen, und das hatte die erfreuliche Nebenwirkung, daß ich aufgrund der Dunkelheit die gesammelten Geschmacklosigkeiten in Svetlanas Auto nicht genau erkennen konnte.

Von außen war das Auto noch nett und lustig – rot mit aufgeklebtem Schriftzug *Little red duckette* – aber innen nahm das Niveau rapide ab. Über den Schaltknüppel war eine rot-gelbe Ringelsocke gestülpt, eine lebensgroße Rostbratwurst aus Plastik klebte auf dem Armaturenbrett, im Handschuhfach lag ein Bündel Papierkotzbeutel mit fünfsprachiger Aufschrift, Aufkleberserien der letzten drei Jahre aus Duplos klebten auf den Innenseiten der Türen, und an den hinteren Seitenfenstern hingen kurze Vorhänge mit langen Fransen.

»Ist das die Asche deiner verstorbenen Vorfahrenschaft, die du hier im Auto verstreut hast?« meldete sich Donald von hinten zu Wort.

»Tut mir leid, der Vorbesitzer hat den Aschenbecher ausgebaut, das war wohl so ein militanter Nichtraucher«, erklärte Svetlana. »Da fällt schon mal ein bißchen Asche auf den Boden und verteilt sich dann.«

»Ein paar Kippen sind auch dabei«, stellte Donald fest. »Ich als geübter Amateurdetektiv kombiniere messerscharf, daß du mal auf schwarzen Lippenstift gestanden hast.«

»Was, ich?« empörte sich Svetlana. »Nie! Das muß Susie gewesen sein, eine aus meiner WG. Sie trägt immer schrille Klamotten und wüstes Make-up. Sie ist eine richtige Punkerin.« Sie betonte diesen Satz auf »Punkerin« und nicht auf »richtige«.

»Und mit solchen ausgeflippten Typen lebst du zusammen?« fragte Donald. Im Innenspiegel sah ich, daß er es schaffte, dabei weder zu grinsen noch rot zu werden.

»Klar, das sind doch die interessantesten.«

»Habt ihr alle Ratten?« fragte Felix. Ich hatte ihm erzählt, wie Svetlana wohnte, und in seiner Vorstellung war die WG so eine Art Paradies, wo jeder so lebte, wie er wollte, und keiner sein Zimmer aufräumen mußte.

»Nein, nur ich«, erklärte Svetlana. »Aber Sebastian hat einen Hamster.«

Felix nutzte die Gelegenheit, sich von Svetlana erzählen zu lassen, wie lieb, pflegeleicht und sauber Hamster waren. Von der Art, wie er die Fragen stellte, wurde mir schnell klar, daß dieses Gespräch besonders für meine Aufmerksamkeit gedacht war. Seit Jahren lag er mir mit dem Wunsch nach einem Haustier in den Ohren, das inzwischen von der Größe eines Ponys auf die Größe eines Goldhamsters geschrumpft war. Ich ließ mich allerdings nicht erweichen, weil ich sicher war, daß er irgendwann die Lust an einem Tier verlieren würde und ich dann die Reinigung und Fütterung unseres animalischen Mitbewohners übernehmen dürfte.

Während Felix und Svetlana sich unterhielten und Donald Anekdoten über einen Dackel namens Hans-Georg beisteuerte, den er mit seinen Geschwistern als Kind besessen hatte, schweiften meine Gedanken ab.

Ich beobachtete, wie ein kleiner Fiat, der rechts von uns gestanden hatte, von einer vierköpfigen Familie beklettert wurde und wegfuhr. Dabei dachte ich an Dr. Hohm. Er hatte auf mich so sympathisch gewirkt, daß ich nicht verstehen konnte, warum Theo zu einem anderen Arzt gewechselt war. Außerdem hatte ich den Eindruck, daß Theo ihm sehr am Herzen lag. Offensichtlich waren die de la Cours – die lebenden und die toten – für ihn sehr wichtig. Vielleicht war Gudrun sogar zu wichtig gewesen? Vielleicht hatten sie ein Verhältnis gehabt und sie wollte sich seinetwegen scheiden lassen? Oder hatte sie seine Annäherungsversuche zurückgewiesen? Er hatte mir gesagt, er hätte sie jederzeit genommen – sie ihn auch?

Zu viele Vielleichts, zu viele Fragen. Ich beschloß, mich auf Theo zu konzentrieren. Was ging uns ein Mord an, der dreiundzwanzig Jahre zurücklag?

»Da!« brüllte Svetlana plötzlich und schlug mir fast ihren Arm ins Gesicht, als sie aus dem rechten Seitenfenster zeigte. Ich war so in meine Gedanken vertieft gewesen, daß ich beinah vom Sitz hüpfte, als sie so unvermittelt losbrüllte.

»Was, was?« fragte Donald. »Kommt er endlich?«

»Oh, mir ist die Ratte runtergefallen«, rief Felix, der sich wohl genauso erschrocken hatte wie ich. »Rosa, Rosa, wo bist du?«

Ich erschauderte und hob meine Füße hoch. In der Müllschicht auf dem Boden raschelte etwas.

»Hol sie schnell rauf«, kreischte Svetlana in Panik, »sie vergiftet sich sonst da unten an der Asche!«

»Macht euch keine Sorgen«, sagte ich und bemühte mich, eine feste Stimme zu behalten, »das Tier weiß, wer gut zu ihm ist.« Rosa war an der Seite meines Sitzes hochgeklettert und saß inzwischen auf meinem Schoß, wo sie Männchen machte und offensichtlich ein Leckerli erwartete.

»Rosa, mein Schätzchen!« Svetlana nahm sie vorsichtig mit beiden Händen und setzte sie dann auf ihre Schulter. »Lauf bloß nicht wieder weg! Ich hab so einen Schrecken gekriegt!«

»Wenn ihr eure rührenden Wiedersehensszenen beendet habt«, ließ Donald sich von hinten vernehmen, »könntest du uns vielleicht erklären, warum du gerade so losgebrüllt hast. Ich sehe keinen Glatzkopf weit und breit, aber du machst einen Aufstand, als käme Yul Brunner persönlich die staubige Straße herunter.«

»Ich meine das Auto da«, erklärte Svetlana und zeigte auf den Wagen, der zwei Parkplätze rechts von uns stand und jetzt in unserem Blickfeld war, nachdem der Fiat weggefahren war. »Das ist der Golf von meiner Mutter. Was macht die hier?«

»Kennt sie vielleicht jemanden im Moltkeviertel?« fragte ich.

»Nein, nicht daß ich wüßte. Ich muß sie bei Gelegenheit unbedingt fragen, warum sie sich im Dunkeln noch hier rumtreibt. Man muß schließlich auf seine Eltern aufpassen.«

»Wir können auch warten, bis sie kommt, und sie dann fragen«, schlug Donald vor. »Vorausgesetzt natürlich, das dauert nicht zu lange.«

Ich begann sofort, in meinem Kopf die wildesten Theorien zu entwickeln. Warum war Frau de la Cour gerade heute abend hier? Hatte sie uns vielleicht verfolgt, und wir hatten sie nicht bemerkt? Aber warum hatte sie ihr Auto dann in unmittelbarer Nähe von Svetlanas Ente geparkt und war verschwunden? Beobachtete sie uns vielleicht von einem anderen Platz aus? Von Marquarts Wohnung? Ich fühlte mich plötzlich so unbehaglich wie auf einem Präsentierteller.

Möglicherweise war sie es gewesen, die Marquart Theos Foto gegeben hatte, und steckte mit ihm unter einer Decke – nicht nur im übertragenen Sinne. Vielleicht war sie Glatzen-Fetischistin und er stand auf ältere Frauen.

Ich hätte diese Möglichkeit gerne sofort mit Donald diskutiert, aber da Svetlana und Felix im Auto waren, ging das nicht.

»Da kommt jetzt aber wirklich jemand«, rief Donald.

Es war Marquart. Er ging zu Fuß und hatte ein paar Einkaufstüten in der Hand. Ein Hoch auf den langen Donnerstag. Und das bei seinem Kontostand!

»Doch, den kenn ich!« meinte Svetlana. »Von Ilses letztem Geburtstag. Er hat sich mir nicht vorgestellt, aber ich erinnere mich auch so an ihn. Er hat mir nämlich ohne Ende die Hucke vollgelabert. Er arbeitet irgendwo bei Opel und hält sich für den Auto-King. Außerdem hat er versucht, mich dumm anzumachen.« Das kam mir entfernt bekannt vor.

»Zum Glück hatte ich Rosa dabei«, fuhr Svetlana fort, »sie hat ihn abgeleckt, und er hat einen hysterischen Anfall gekriegt. Ilse meinte nach der Party, man könne mich einfach nicht einladen. Dabei hat er doch angefangen!«

Marquart hatte inzwischen seine Haustür erreicht, schloß auf, ohne sich nochmal umzudrehen, und verschwand. Direkt danach ging die Beleuchtung im Flur an, dann in seiner Wohnung.

»Echt beschissen, so zu sehen, wie er in Theos und

Rüdigers Wohnung geht«, sagte Svetlana. »Daß ausgerechnet so ein Widerling da eingezogen ist. Wie komisch, daß er auch Ilse und Dirk kennt.«

»Möglicherweise ein Zufall«, murmelte ich, obwohl ich das natürlich nicht glaubte. Die Sache war doch oberfaul. Aber ich wollte Svetlana nicht mit Überlegungen belasten, die beinhalteten, daß ihre Schwester etwas mit dem Verschwinden ihres Bruders zu tun haben könnte. Das Ganze konnte sich zu einer wirklich unangenehmen Familienangelegenheit entwickeln.

»Seid mal still da vorne«, befahl Donald. Wir schwiegen, und Donald verrenkte seinen Hals, um aus dem Auto hinaus in die Dunkelheit zu starren.

»Ich dachte, ich hätte leise Schritte gehört«, erklärte er schließlich. »War wohl nichts.«

»Wär doch lustig, wenn das meine Mutter gewesen wäre«, sagte Svetlana. »Wir hätten sie gleich fragen können, was sie hier macht.«

»Gut, sollen wir jetzt nach Hause fahren?« fragte ich. Hinter uns stand ein dicker Baum, der leicht jemandem als Versteck dienen könnte, der uns nachspionieren wollte. Ich hatte keine Lust, noch länger im Dunkeln herumzusitzen. »Sie haben Marquart erkannt, damit ist meine Frage beantwortet.«

Donald hatte noch eine andere Idee: »Ich weiß nicht, aber vielleicht könnten –«

Jemand riß mit einem heftigen Ruck die Beifahrertür auf. Ich sprang fast auf Svetlanas Schoß und unterdrückte einen Schrei. Kälte und der Geruch von Alkohol drangen in den Wagen. Ich sah in ein verknittertes und unrasiertes Gesicht.

»Entschuldigen Sie, junge Frau«, sagte das Gesicht. »Aber ich bin obdachlos und liege auf der Straße. Hätten Sie wohl ein paar Groschen für mich?«

13.

Schon das Äußere der Praxis von Dr. Bonnes auf der Altendorfer Straße hatte vermutlich einen gesundheitsfördernden Effekt auf seine Patienten. Es reichte vollkommen aus, die zerbröckelnde Fassade zu sehen, den Moder im vergammelten Treppenhaus zu riechen, die dunklen Flecken in Schulterhöhe an der Wartezimmerwand zu betrachten und das Gedudele von WDR 4 wahrzunehmen, das aus unsichtbaren Lautsprechern drang, um sich sofort besser zu fühlen und froh zu sein, sich umzudrehen und wieder weggehen zu dürfen. Ich verstand nicht, warum sich Theo gerade diesen Arzt ausgesucht hatte. Als Selbständiger war er doch sogar privat versichert und konnte woanders wirklich mehr Komfort erwarten. Die Praxis von Dr. Hohm war sauber und ruhig gewesen, und sogar ich hatte mich dort ziemlich wohl gefühlt.

»Müssen wir da wirklich rein?« fragte Donald zögerlich.

»Klar. Das war schließlich Theos letzter Arzt. Wir gehen genau nach Plan vor. Reingehen, Lage sondieren, zuschlagen. Ich bin der Stoßtrupp, du bist die Nachhut. Du mußt gar nichts machen, nur mir den Rücken freihalten.«

»Gut. War nett, dich kennengelernt zu haben, Veronika. – Oh, gibt's hier was umsonst?«

Das Wartezimmer war randvoll. Es war nach Feierabend, deshalb waren die meisten Wartenden im Rentenalter. Viele Patienten, die keinen Platz mehr auf den orangenen Plastikstühlen gefunden hatten, lehnten an den Wänden. Jemand hatte seinen Dackel mitgebracht und versuchte, ihn unter seinem Stuhl zu verstecken. Die vier Zeitschriften auf dem zerschrammten Tisch in der Mitte des Raumes hätten sicher schon Sammlerwert gehabt, wenn sie nicht so zerfetzt gewesen wären. Es roch nach altem Schweiß und zuviel Knoblauchpillen.

Die Gesichter der Entspanntesten unter den Wartenden waren grimmig. Eine Mutter ohrfeigte in regelmäßigen Abständen ihren Fünfjährigen. Sein Geschrei, das Musikplärren und das Quieken des Hundes wurden noch vom Gebrüll der beiden Arzthelferinnen überstimmt, die offensichtlich eine Lotterie veranstalteten: »Nummer 68! Nummer 68! In Zimmer 2! Hallo, Nummer 68! Ist nicht da? Gut, dann Nummer 69! In Zimmer 2!«

Dr. Bonnes oder irgendeine andere ästhetisch gesonnene Seele hatte versucht, das Wartezimmer durch das Aufhängen von Kunstdrucken etwas zu adeln. Ein paar van Goghs gewannen allerdings nicht dadurch an Charme, daß sich Patienten an sie lehnten. Ein halbverdecktes Plakat prangerte an, wie die Bundesregierung die armen Ärzte auf Kosten der Kranken ausplünderte.

Ich orientierte mich durch das Chaos hindurch zur Stirnseite des Raumes, wo ich hinter einer ehemals weißen Theke die Arzthelferinnen vermutete. Richtig sehen konnte ich sie nicht, da mir die Sicht durch Rauchschwaden genommen wurde. Einige Patienten meinten offensichtlich, daß sich ihre Lungenschatten durch ein paar Zigaretten nicht wesentlich verschlechtern würden. Die Arzthelferinnen schien es nicht zu stören.

Als Nummer 70 aufgerufen wurde und sich ein Dreizentnermann laut schnaufend von zwei Sitzplätzen erhob, schaffte ich es, die Aufmerksamkeit von einer der beiden Arzthelferinnen auf mich zu lenken.

Sie blickte mich kaum an. Ich schätzte sie auf Anfang bis Mitte Fünfzig, gelangweilt und frustriert von ihrer Arbeit, ein bißchen mollig, mit blond gefärbten grauen Haaren, einer Brille mit durchsichtigem Kunststoffrahmen, dritten Zähnen und zuviel geplatzten Träumen. Guck sie dir genau an, ätzte ein kleiner Giftzwerg in mir, vor dir steht deine Zukunft.

»Guten Abend, ich –«

»Welche Kasse? Haben Sie Ihre Karte dabei? Ziehen Sie eine Nummer!«

»Nein, ich bin nicht als Patientin hier, ich –«

»Was wollen Sie dann? Sehen Sie nicht, daß ich alle Hände voll zu tun habe?«

Nicht alle Hände voll, aber zumindest eine. In ihrer Rechten hielt sie ein durchsichtiges Glasröhrchen mit dunkelgelber Flüssigkeit, das sie heftig schüttelte. Ich beschloß, nicht genauer hinzusehen. Außerdem hatte ich das ungute Gefühl, daß mich meine Nachhut im Stich gelassen hatte.

»Es geht um einen alten Schulfreund vor mir. Theo de la Cour. Ich weiß, daß er Patient hier ist. Theo und ich haben zusammen Abitur gemacht, und im nächsten Jahr ist der fünfzehnte Jahrestag.«

»So?« Sie schien nicht sonderlich interessiert, denn sie schüttelte weiter das Röhrchen, während sie lautstark Nummer 71 ausrief und mit der freien Hand eine Seite in der *Frau mit Herz* umblätterte, die hinter der Theke lag.

»Ja, und wir planen ein großes Klassentreffen mit allen von damals. Die meisten sind natürlich schon längst von zu Hause weggezogen, und deshalb fehlen uns viele Adressen. Die von Theo fehlt uns auch. Aber ein anderer Freund von uns, der hier mal in Behandlung war, hat Theo hier im Wartezimmer getroffen, und darum wissen wir, daß er hier Stammpatient ist.«

»Und was wollen Sie jetzt von mir?« fragte sie, ohne von ihrer Zeitschrift aufzublicken. Bei manchen Leuten fiel der Groschen wirklich pfennigweise.

»Na, seine Adresse. Sie müssen sie doch in Ihrem Verzeichnis haben. Wir benutzen sie auch wirklich nur, um–«

»Das können wir nicht. Das dürfen wir nicht.« Sie schüttelte energisch den dauergewellten Kopf.

»Aber es ist doch nur für den privaten Gebrauch.«

»Das kann ja jeder sagen. Das fällt unter Datenschutz. Da sag ich kategorisch nein.«

»Aber Sie sind unsere letzte Hoffnung. Wir möchten Theo so gerne einladen«, quengelte ich. Ich hätte Felix mitbringen sollen, der konnte viel hartnäckiger quengeln als ich. Es gibt einfach Fertigkeiten, die man als Erwachsener verliert.

»Sehen Sie im Telefonbuch nach.«

»Haben wir schon. Er steht nicht drin.«

»Dann kann ich Ihnen auch nicht helfen. Das ist ärztliche Schweigepflicht. Hey«, herrschte sie einen Greis an, der aus der Tür hoppeln wollte, »Sie haben Ihr Rezept für Ihre Schlaftabletten und das Durchfallmittel vergessen!«

Ich mußte daraufhin einsehen, daß ich bei so viel Diskretion keine Erfolge erwarten durfte, und leitete einen geregelten Rückzug ein. Die Arzthelferin hatte mich schon aus ihrem Gedächtnis gestrichen, als ich mich umdrehte und feststellen mußte, daß Donald nicht im Raum war.

Ich erreichte sicher den Ausgang, und während ich die Tür aufriß, hörte ich hinter mir im Wartezimmer das Kind plärren: »Mama, warum hat der Mann auf dem Bild ein appes Ohr?«

Als Antwort gab es ein klatschendes Geräusch.

»Du Feigling«, schimpfte ich Donald aus, als wir draußen vor der Praxis auf dem Bürgersteig standen, »läßt mich einfach allein!«

»Ich hätte dir da sowieso nicht helfen können. Es war sinnlos, das überhaupt zu versuchen. Oder hast du tatsächlich was rausgekriegt?«

»Nein.« Ich erzählte ihm ausführlich, was passiert war.

»Hm, eine *Frau mit Herz* hat sie gelesen?« fragte Donald. »Da kommt mir eine Idee. Wollen wir warten, bis sie nach Feierabend rauskommt?«

»Du hast wohl einen Knall. Es ist erst halb sechs, und Dr. Bonnes hat offiziell bis sechs auf. Bis die letzten Patienten raus sind und sie zumachen können, ist es halb sieben oder sieben. Und hier draußen ist es dunkel und kalt.«

»Dann gehen wir solange in die Pommesbude auf der anderen Straßenseite. Es lohnt sich, auf sie zu warten. Du sagst, sie ist Mitte Fünfzig? Dann fährt sie bestimmt mit der Straßenbahn nach Hause, und wir können sie an der Haltestelle abfangen. Ich muß in der Bahn unbedingt neben ihr sitzen. Laß mich nur machen.«

Er wollte mir nicht verraten, was er genau vorhatte, und so überquerten wir die Straße und gingen in den Schnellimbiß. Es war ein etwas zwielichtiges Etablissement, dessen Spezialität des Tages auf einer Kreidetafel mit *Zigeunerschnitzel oder Gyro's oder Frikka mit Brötchen* beschrieben wurde. Ich genehmigte mir ein Schälchen Pommes frites ohne alles und stellte sofort fest, daß ich den Betreibern dieses Gourmettempels grob unrecht getan hatte: das Fett für die Fritten wurde regelmäßig gewechselt, wahrscheinlich sogar zweimal im Monat. Möglicherweise verdankte Dr. Bonnes diesem Schnellimbiß einen nicht unerheblichen Teil seiner Kundschaft.

»Übrigens, Svetlana hat mich heute nachmittag angerufen«, erklärte ich, während Donald todesmutig mit einer Currywurst kämpfte, deren einzelne Scheibchen sich wie eine Ziehharmonika auseinanderziehen ließen, aber nicht voneinander abzutrennen waren.

»Was sagt sie denn? Verdammt, diese Wurst besteht nur aus Pelle.«

»Es hat ihr keine Ruhe gelassen, warum ihre Mutter gestern abend ihr Auto auf der Ruhrallee geparkt hat. Also hat sie sofort heute angerufen und gefragt.«

»Ganz schön plump.«

»Meinst du die Wurst oder Svetlana?« fragte ich.

»Beide. Wenn ihre Mutter irgendwelchen Dreck am Stecken hat oder vielleicht sogar diesen Marquart kennt, weiß sie jetzt, daß wir von der Sache Wind haben.«

»Sie behauptet aber, daß sie gestern abend gar nicht mit ihrem Auto gefahren ist, sondern es einer Nachbarin geliehen hat, die überraschend jemanden im Elisabethkrankenhaus besuchen mußte.«

»Hm«, grummelte Donald und schob frustriert seinen noch halbvollen Plastikteller beiseite. »Glauben wir ihr das?«

»Es klingt glaubwürdig genug«, meinte ich. »Wir sollten nicht gleich überall Zusammenhänge sehen.«

Donald nickte. Wir übten uns in Geduld sowie im Basteln von Männchen aus Zahnstochern und beobachteten den Praxiseingang auf der anderen Straßenseite. Zum Glück war direkt davor eine Straßenlaterne, so daß wir halbwegs erkennen konnten, wer die Praxis verließ. Zunächst kamen nur Patienten heraus, aber gegen halb sieben, als die kleinen Geschäfte in der Nachbarschaft begannen, die Rolläden hinunterzulassen, und Donald und ich so rochen, als hätte man uns durch den Gyrosgrill gedreht, kam sie. Sie hatte ihren weißen Kittel durch einen langen Wollmantel mit buntem Tuch über den Schultern ersetzt.

»Da ist sie!« rief ich.

Donald sprang auf. »Schnell, hast du das Kleingeld für die Fahrkarten? Nimm Stufe B, wir wissen nicht, wie weit sie fährt. Ich muß unbedingt neben ihr sitzen... Sie geht zur Haltestelle auf unserer Straßenseite. Sie fährt bestimmt mit der 104 Richtung Mülheim.«

So war es. Als wir an der Haltestelle eintrafen, sahen wir, wie die gelb-blaue Bahn sich näherte. Die Arzthelferin stieg durch die hintere Tür ein, und Donald heftete sich sofort an ihre Fersen. Ich stieg vorne ein, kaufte zwei Fahrkarten beim Fahrer und stempelte sie ab. Als ich mich bis zur Mitte der vollen Straßenbahn durchgeschoben hatte, sah ich, daß Donald sein Ziel erreicht hatte und neben ihr saß. Sie hatte am Fenster Platz genommen und kramte sofort ihre Illustrierte hervor. Ich eroberte mir einen Platz auf der gegenüberliegenden Seite des Ganges und wartete ab, was passieren würde.

Zunächst passierte nichts. Sie blätterte in ihrer Zeitschrift, und Donald wirkte gelangweilt. Schließlich las er über ihren Ellenbogen mit. Dann seufzte er. Sie reagierte nicht. Er seufzte wieder, diesmal etwas lauter. Sie guckte kurz irritiert auf und vertiefte sich dann wieder in ihr Blatt. Donald seufzte ein drittes Mal, und zwar so laut, als lastete alle Sorge der Welt auf seinen Schultern. Diesmal sah sie etwas länger auf und ließ ihren Blick nervös durch die Bahn schweifen, als suche sie einen anderen freien Platz.

Gerade als sie ihre Zeitschrift zusammenrollen wollte, um sich wegzusetzen, sagte Donald: »Es ist eine Schande mit Stephanie.«

»Was?«

»Ich sagte, es ist eine Schande mit Stephanie. Wie kann sie ihrem armen alten Vater das antun? Erst kriegt sie ein uneheliches Kind nach dem anderen, und als sie dann schließlich ihren komischen Fischhändler mit dem Halsabschneidergesicht heiratet, schämt sie sich so dafür, daß sie noch nicht mal Fotos veröffentlicht. Als ob ihr Vater nicht schon genügend Probleme hätte.«

»Ja, das hat er wirklich«, sagte sie mit ehrlicher Entrüstung und sah Donald freudig ins Gesicht. »Ich sag immer, wenn sie meine Tochter wäre, würde ich ihr den Hosenboden strammziehen. Der arme Rainier ist völlig allein, seit Grace tot ist, und hat schon Kummer genug, weil Albert einfach nicht heiraten will, und anstatt daß sie ihm hilft wie Caroline, wohnt sie mit diesem Zuhältertypen zusammen. Völlig verwöhnt, das Kind, sag ich.«

»Ihr Macker hat noch andere Kinder«, ergänzte Donald angewidert. »Und so einen sucht sie sich aus. Es gibt doch auch Prinzen im heiratsfähigen Alter, oder? Oder wenn sie wenigstens den Kleinen vom Belmondo geheiratet hätte, der kommt aus einem guten Stall. Der hätte sicherlich auch ihrem Vater gefallen, und sie müßte sich jetzt nicht durch die Hintertür in den Palast stehlen.«

Langsam dämmerte mir, worüber die beiden sprachen. Ich hatte mich schon gewundert, daß sie gemeinsame Bekannte hatten.

»Ja, sie ist völlig ausgeflippt«, nickte die Arzthelferin. »Seit ihre Mutter tot ist, kann sie keiner mehr bändigen. Man sagt ja, sie hätte damals am Steuer gesessen und ihre Mutter praktisch auf dem Gewissen. Sowas kann einen Menschen verändern.«

»Das kann ja sein«, räumte Donald ein, »aber ich glaube einfach, daß denen in Monaco allen ein bißchen die richtige adelige Haltung fehlt. Das sind doch Abkömmlinge von Piraten, denen fehlt einfach der wahre innere Adel.«

»Bis auf Grace! Grace war eine echte Prinzessin, obwohl sie Bürgerliche war.«

»Ja, genau wie unsere Silvia«, stimmte Donald zu. »Wenn man sie heute so sieht als Königin, könnte man annehmen, sie hätte das schon immer gemacht.«

»Und dabei hat sie ihren Carl-Gustav doch erst bei den olympischen Spielen in München kennengelernt. War das nicht romantisch! Und sie haben drei so nette Kinder«, schwärmte die Frau.

»Ja, die kleine Viktoria wird bestimmt auch mal eine tolle Königin. Die steht ja auch mit beiden Beinen fest auf dem Boden.«

»Sehen Sie!« Sie legte ihre Hand auf Donalds Unterarm. »Genau das habe ich meinem Mann die Tage auch gesagt, genau so! Die stehen in Schweden mit beiden Beinen fest auf dem Boden, habe ich gesagt, denen passiert nicht sowas mit Scheidungen und so wie in England.«

»Nein, nein«, sagte Donald und verdrehte ob dieses unglaublichen Vergleiches die Augen, »nie und nimmer! Charles und Diana sind ja völlig aus dem Ruder gelaufen. Skandalös, wie die sich benehmen. Aber was soll man auch erwarten von einem Mann, der mit seinen Blumen spricht?«

»Da sagen Sie was Wahres. Von Anfang an hat er sie betrogen, mit seiner Camilla. Und dabei ist die so häßlich! Die sieht doch aus, als wär sie aus dem Reitstall der Queen ausgebrochen. Kein Wunder, daß die arme Diana magersüchtig geworden ist. Und dann diese peinlichen Telefongespräche!«

Donald und die Arzthelferin kamen langsam richtig in Fahrt. Ich hatte Angst, er würde sich verzetteln. Die Bahn wurde ständig leerer. Sie konnte bei jeder Haltestelle aussteigen. Aber Donald schien keine Eile zu haben.

»Vater? Vater nennen Sie das?« entrüstete er sich gerade. »Charles benimmt sich doch gar nicht wie ein Vater. Er kümmert sich doch gar nicht um Willi und Harry, und als –«

»Ja«, unterbrach sie ihn, »das kommt weil seine eigenen Eltern nie Zeit für ihn hatten. Die Queen war immer unterwegs, und sie liebt ihre Hunde sowieso mehr wie ihre Kinder. Und der Prinz Phillip –«

»Ein völliger Gefühlskrüppel«, fiel ihr Donald ins Wort, »warm wie eine Tasse mit sieben Stunden altem Earl Grey. Charles ist kein bißchen besser. Die Höhe war ja wohl, als ein Klassenkamerad dem kleinen Willi – oder war es Harry? Ist ja auch egal – einen Golfschläger über den Schädel gezogen hat, in dem Eliteinternat, in das sie die Knirpse abgeschoben haben. Und was macht daraufhin Charles? Der Herr geht in die Oper. In die Oper!«

Die Arzthelferin nickte mit einer Begeisterung, die klarstellte, daß sie es grundsätzlich nicht billigte, wenn Leute in die Oper gingen, kranke Kinder hin oder her.

Donald fuhr fort: »Dabei hätte die Sache mit dem Golfschläger für den Kleinen schlimme Folgen haben können, vor allem wenn man bedenkt, wie überzüchtet und krankheitsanfällig seine gesamte Mischpoke ist. Epileptische Anfälle könnte er in Zukunft kriegen, haben sie gesagt. Ist das nicht schrecklich? Mit sowas kann man nicht spaßen. Ein Freund von mir ist Epileptiker, also es ist gräßlich!«

»Ich arbeite in einer Arztpraxis«, erzählte sie. »Ich kenn mich mit sowas aus. Sie haben völlig recht, ja.«

»Mein Freund braucht immer starke Medikamente. Er ist ständig in Behandlung, ganz hier in der Nähe, bei einem Doktor Bonnes–«

»So was!« rief die Helferin und sprang fast von ihrem Platz auf. Sie dämpfte ihre Stimme etwas, als sie merkte, daß sich andere Passagiere neugierig nach ihr umdrehten. »Da arbeite ich doch!«

»Was, wirklich?« Donald war ganz Erstaunen.

»Ja, tatsächlich! Da kenne ich Ihren Freund bestimmt. Wir haben nicht so viele Epileptiker.«

»Er heißt Theo de la Cour«, sagte Donald, »das ist so ein Blonder–«

»Aber der war doch heute vormittag noch da! Wir haben soviel Patienten, daß ich sie mir unmöglich alle merken kann, aber er war ja heute erst da, und er hatte die Nummer dreizehn in unserer Warteliste gezogen – da achte ich halt immer ein bißchen drauf, ich bin nämlich ein bißchen abergläubisch.«

Ich merkte, wie Donald sich verkrampfte. »Wirklich?« fragte er.

»Ja, den muß man sich doch merken, so wie er momentan aussieht«, fuhr sie fort. »Wissen Sie, wie das passiert ist?«

Donald knetete seine Hände. In der Bewegung lag ein Anflug von Panik. »Nein«, antwortete er und schluckte, »er hat es mir nicht gesagt.«

»Na«, meinte sie, »es wird bestimmt ein Sportunfall gewesen sein. Jedenfalls ist es nicht bei einem Anfall passiert, sonst hätte er schlimmer ausgesehen.«

Donald nickte, ohne etwas zu sagen.

»Paß doch auf, du Idiot«, brüllte in diesem Moment der Bahnfahrer und bremste die Bahn unter wildestem Geklingel mit einem solchen Ruck, daß ich gegen den Sitz meines Vordermanns knallte. Einkaufstaschen und Regenschirme flogen durch die Luft. Meistens hingen die Passagiere noch dran. Während wir uns alle wieder aufrappelten und der Bahnfahrer laut fluchend und klingelnd weiterfuhr, sagte Donalds Nachbarin: »Ja, so schnell geht das. Schon hat man seinen Arm gebrochen wie Ihr Freund. Na ja, zumindest hat er seinen Gips schön bemalt.«

»Ja«, antwortete Donald. Und dann, nach einer kleinen Pause: »Die grüne Freiheitsstatue ist von mir.«

»Ach, die war lustig! Mit dem Eishörnchen! Und der lustige Spruch mit den Alpen! Na, man muß immer das Beste draus machen, sag ich. Oh! Ich muß raus, hier ist schon die Bonnemannstraße. Auf Wiedersehen.«

»Ja, schönen Abend noch«, sagte Donald tonlos, während er ihr Platz machte, damit sie aussteigen konnte. Ich wartete, bis sie die Bahn verlassen hatte, und setzte mich dann neben Donald. Er war bleich. Er sah aus wie jemand, der meinte, ein Gespenst gesehen zu haben, und dann feststellen muß, daß es doch nur ein Bettlaken auf der Wäscheleine war.

»Jetzt sofort?« fragte ich.

»Jetzt sofort«, nickte er. »Wir nehmen ein Taxi. Ich brech dem Kerl den anderen Arm auch noch.«

14.

Wenn die Haustür der Krügers nicht aus massivem Holz ohne eingelegte Glasscheibe gewesen wäre oder wenn sie einen Spion besessen hätte, wären wir an diesem Abend wohl nicht in das Haus von Theos Schwester gekommen.

Aber so öffnete Ilse die Tür, nicht ahnend, wer vor ihr stehen würde; und noch bevor sie erschrocken ihre Kinnlade nach unten fallen lassen und in spitze Empörungsschreie ausbrechen konnte, hatte sich Donald wortlos an ihr vorbeigeschoben und war auf dem Weg ins Wohnzimmer. Der Hund, der an ihrer Seite gewesen war, entpuppte sich als Lämmchen und trottete brav hinter Donald her.

»Dirkie!« brüllte Ilse schließlich, als sie ihre Stimme wiedergefunden hatte. »Hilfe! Die dringen hier einfach ein!«

Dirk war ausnahmsweise nicht im Keller, um seinen Adoniskörper zu vervollkommnen, sondern saß im Wohnzimmer und ertüchtigte sich durch das Anschauen eines Kopf-ab-Magazins im Privatfernsehen. Als Donald als erster in die gute Stube stürmte, sprang Dirk so heftig aus seinem Sessel, daß er fast seine Diät-Cola umgestoßen hätte. Aber er konnte diesen Unfall, der sicherlich seine Imitations-Rolex verklebt und seine Designer-Jeans ruiniert hätte, gerade noch durch einen schnellen Griff mit seinem gesunden Arm verhindern.

Er richtete sich auf und sagte mit leiser, finsterer Stimme und einem Blick, der bestimmt einen Fünfjährigen erschreckt hätte: »Das ist Hausfriedensbruch. Sie werden Schwierigkeiten bekommen.«

»Glaub ich nicht«, entgegnete Donald. »Ein Hausfriedensbruch ist doch nur ein Bruch, und da kenne ich einen tollen Arzt für, nämlich Dr. Bonnes.«

Dirk ließ das gerettete Glas fallen. Schade um die Uhr und die Jeans.

»Oh, ich sehe schon, ein epileptischer Anfall. Wenn das der Doktor wüßte! Da müssen Sie gleich ein paar Tabletten einwerfen.« Donald ließ sich mit Schwung in einen Sessel fallen, griff über den Tisch nach der Fernbedienung und schaltete den Fernseher ab. »Wir müssen uns ernsthaft unterhalten«, erklärte er, »Fernsehen schadet da nur.«

Ilse setzte sich neben ihren Mann und griff nervös nach seiner Hand. Er wich ihrem Blick aus. Ich ließ mich auf einem Sofa vor der Wand mit den Hundeporträts nieder und wartete, was kommen würde.

Dirk wollte gleich festlegen, daß nichts kommen sollte. »Wir sagen nichts. Nein, Ilse, du sagst auch nichts. Und wenn die Herrschaften nicht gleich unser Haus verlassen, rufen wir die Polizei.«

»Ja, das könnte ein kleines bißchen unangenehm für uns werden«, sagte Donald. »Wir sind beide ehrenhafte Bürger und nicht vorbestraft. Wenn die ganze Angelegenheit bei der derzeitigen Prozeßflut nicht gleich wegen Nichtigkeit eingestellt wird, könnten wir sogar zu einer Zahlung von tausend Mark ans Rote Kreuz verdonnert werden. Da müßte Frau Wenger tief in die Portokasse greifen.«

»Hauen Sie ab«, zischte Dirk.

»Ich will Ihnen jetzt mal was erzählen«, legte Donald los, »da Sie ja offensichtlich ein Schweigegelübde abgelegt haben. Sie haben sich bei Dr. Bonnes angemeldet und behauptet, Sie seien Theo. Das kommt vom Alter her so ungefähr hin. Sie haben Theos Krankengeschichte erzählt, und wahrscheinlich haben Sie sogar die Unterlagen von seinem vorherigen Arzt dabeigehabt. Bei Dr. Bonnes ist es so voll, und es herrscht so ein Chaos, daß er Ihnen bestimmt nicht viel mehr als einen Blick geschenkt und auf eine wirklich gründliche Untersuchung verzichtet hat. Dann haben Sie Rezepte für Ihre angebliche Epilepsie bekommen, die haben Sie eingelöst und die Medikamente an Theo weitergeleitet. Und Rechnungen dafür haben Sie auch bekommen, die haben Sie sich wahrscheinlich direkt in die Hand drücken lassen, weil Theos Postadresse nicht mehr stimmt. Irgendwer bezahlt auch diese Rechnungen.«

»Das sind lächerliche Behauptungen«, beteuerte Dirk.

Ilse fing unterdessen an zu schluchzen. Ich haßte mich zwar selbst dafür, aber sie tat mir leid. Ihre Wimperntusche hinterließ dunkle Streifen auf ihren Wangen und vermischte sich mit dem Gesichtspuder zu einem grauen Brei.

»Als kleine Belohnung für deine Mühen, Dirk«, sagte ich, »hat Theo dafür gesorgt, daß du einem deiner Freunde seine Wohnung vermitteln durftest, die nach Theos Auszug frei wurde. Gerd Marquart. Der hat auch auf deinem Gips unterschrieben, und du hast ihm eine Postkarte aus dem Urlaub geschickt. Du hast ihn auf einen möglichen Besuch von mir vorbereitet. Und weil du nicht wolltest, daß wir hinter deinen Betrug kommen, hast du mich im Parkhaus eingesperrt und versucht, mich mit Autoabgasen zu vergiften.«

»Das waren wir nicht«, kreischte Ilse, »da wissen wir gar nichts von! Das mit Gerd stimmt, aber das ist auch schon alles –«

»Halt's Maul«, schnauzte Dirk sie an. Sie sah ihm ungläubig ins Gesicht und fing dann wieder an zu schluchzen.

»Tut mir leid«, grummelte Dirk und wurde rot.

»Kennen Sie Erika Keller?« fragte Donald unvermittelt.

»Äh, was?« fragte Dirk zurück.

»Na, Sie arbeiten doch bei der Deutschen Bank, oder? Zentrale Lindenallee, oder? Kennen Sie da eine Erika Keller? Von der Auslandsabteilung?«

»Klar kenn ich die«, antwortete Dirk. »Die ist nämlich sozusagen meine nächste Vorgesetzte. Wieso?«

Donald grinste. »Umso besser. Sie ist außerdem meine Schwester. Im Gegensatz zu Ihrer Gattin«, er nickte Ilse zu, »habe ich zu meinen Geschwistern ein sehr gutes Verhältnis. Erika tut mir bestimmt einen Gefallen. Ein paar kleine Gerüchte in Umlauf zu setzen, zum Beispiel. Sie hätte Sie mal zusammen mit mir gesehen, da wollten wir gemeinsam ausgehen, vielleicht in den *Löschzug* oder so. So eine Bank ist ziemlich konservativ, oder nicht? So ein fieses kleines Gerücht. Man kann nie mehr herausfinden, wo es genau hergekommen ist, und man weiß nie, was genau dran ist, aber trotzdem bleibt es in den Köpfen hängen, und es ist nicht förderlich für die Karriere...«

»Das ist Erpressung«, tobte Dirk, aber Ilse unterbrach ihn.

»Sag es ihnen doch«, schniefte sie, »sie wissen doch sowieso schon alles. Aber wir haben nie jemanden in einer Tiefgarage überfallen. Sowas tun wir nicht.«

Dirk räusperte sich. »Also gut.«

»Na bitte«, sagte Donald, »reden wir drüber.«

»Ich erzähle«, bestimmte Ilse und legte auch gleich los. »Vor ein paar Monaten ist Theo zu uns gekommen. Er war völlig verstört. Er sagte, er müsse nach Holland gehen und da untertauchen. Wir haben ihn zuerst nicht ernstgenommen. Das klang wie aus einem James-Bond-Film. Und dann erzählte er, er würde in Amsterdam, da wollte er nämlich hin, nicht zum Arzt gehen, weil er nicht wollte, daß man ihn vielleicht über den Arzt finden könnte, und außerdem wollte er da sowieso illegal leben.«

Während sie eine Pause machte und sich die Nase putzte, legte sich der Hund mitfühlend auf ihre Füße.

»Theo und Dirk haben sich dann eine möglichst überlaufene Arztpraxis ausgesucht, wo man keinen der beiden kannte. Theo hat Dirk seine alten Unterlagen von Dr. Hohm mitgegeben, und Dirk hat sich dann bei Dr. Bonnes als Theo ausgegeben. Es geht eigentlich nur darum, daß er einmal im Monat da hingeht und sich eine neues Rezept für Theos Medizin abholt, das er dann bei irgendeiner Apotheke einlöst.«

»Wer zahlt?« fragte ich.

»Wir strecken von unserem Konto vor. Ich weiß nicht, wie Theo die Versicherung zahlt. Wir bekommen die Rechnungen, weil Theo nämlich einen Nachsendeauftrag zu unserer Adresse eingerichtet hat. Wir bekommen also seine gesamte Post, auch die vom Arzt und der Versicherung.«

»Aber ich habe ihm doch eine Postkarte geschickt, und die ist mit 'Unbekannt verzogen' zurückgekommen«, wandte ich ein.

»Ja, die ist auch bei uns gelandet«, erklärte Ilse, »und weil ich nicht wollte, daß Sie sich in diese Angelegenheit einmischen, habe ich eine Freundin von mir, die bei der Post arbeitet, gebeten, sich diesen

Stempel zu besorgen und ihn draufzuklatschen. Ich habe die Karte dann wieder selbst bei Ihnen eingeworfen.«

Ich gebe zu, daß ich ziemlich beleidigt darüber war, daß mich jemand wie Ilse so leicht an der Nase hatte herumführen können. Ich beschloß aber, aufs Schmollen zu verzichten und mich statt dessen der Lösung dieses Falles zu widmen, indem ich die Frage stellte, die ich für die wichtigste hielt: »Und wie kommt Theo jetzt an seine Medikamente?«

»Er schickt jemanden, der sie abholt«, antwortete Ilse. »Einen Holländer, den wir nicht kennen. Er kommt im Auto und holt die Sachen ab. Für Samstag, also morgen schon, ist er wieder angemeldet, deshalb war Dirk auch heute beim Arzt.«

»Aber wo der Bote dann hinfährt, wissen Sie nicht?« fragte Donald.

»Nein. Direkt zurück nach Amsterdam, nehme ich an. Theo kennt da Leute, schon länger.«

»Sie haben also keine Adresse oder Telefonnummer?« fragte ich.

»Nein. Er ruft uns an. Von wo wissen wir nicht.«

»Und warum er verschwinden mußte, hat er Ihnen auch nicht gesagt?« wollte Donald wissen.

»Nein. Er wollte natürlich auch nicht, daß wir überhaupt mit jemandem darüber redeten. Als Gegenleistung hat er sich bei seinen Vermietern dafür eingesetzt, daß Gerd Marquart seine Wohnung beziehen konnte.«

»Das war doch wohl nicht alles«, bohrte ich. »Nachdem Sie lange Zeit nicht mehr Kontakt als nötig hatten, erklären Sie sich zu einem Betrug bereit, nur um Theo und einem Ihrer Freunde einen Gefallen zu tun?« Soviel Edelmut traute ich zumindest dem Dirk nicht zu, den ich von der Schule kannte.

Falls er zufällig mal selbst die Hausaufgaben gemacht hatte, hatte er niemanden abschreiben lassen, der nicht dafür in irgendeiner Weise bezahlen konnte.

»Das geht dich nichts an«, schimpfte Dirk plötzlich los, nachdem er sich bisher beharrlich aus dem Gespräch herausgehalten hatte. »Du weißt doch jetzt alles, was du willst, reicht das nicht? Ihr könnt jetzt gehen. Wir haben euch alles gesagt.«

»Fast alles«, gab ich zu. »Aber eins müssen wir noch wissen: Wann erwartet ihr morgen den Boten?«

»Beim letzten Mal kam er so gegen Mittag. Eine genaue Zeit haben wir nicht vereinbart. Theo hat halt nur angerufen und gesagt, jemand würde kommen«, sagte Ilse.

»Was für einen Wagen fährt er?« erkundigte sich Donald.

»Hm.« Ilse dachte nach. »Was Weißes, einen alten Golf, glaub ich, oder einen Polo. Sie können ihn nicht verfehlen – er dürfte der einzige Wagen mit gelbem Nummernschild vor unserem Haus sein.«

»Warum haben sie das wohl gemacht?« fragte Donald, als wir nach einem etwas frostigen Abschied und einer Taxifahrt bei mir im Wohnzimmer gelandet waren, Felix' Babysitter nach Hause geschickt hatten und bei einem wärmenden Kaffee unser weiteres Vorgehen besprachen. »Und warum hat er sie bloß gefragt? Warum gerade die beiden?«

»Gib doch zu, daß du neidisch bist, daß er sich nicht dir anvertraut hat«, sagte ich.

»Das gebe ich sofort zu. Ich dachte, er würde sich in einer Notlage an mich wenden.«

»Ich nehme an«, vermutete ich, »daß er Druck ausüben konnte. Vielleicht weiß er etwas über die beiden, das man lieber nicht an die große Glocke hängen sollte. Somit konnte er auch sichergehen, daß sie kein Interesse haben würden, ihn zu verraten.«

»Du meinst, er hat sie erpreßt?« Donald warf seine Stirn in Falten. »Das paßt so gar nicht zu ihm. Er muß sehr verzweifelt gewesen sein.«

»Donald, sei mir nicht böse, aber er hat viel gemacht, was für ihn nicht typisch war. Kann es sein, daß er wirklich nicht gefunden werden will, weil er Dreck am Stecken hat? Vielleicht hat er irgendeine Dummheit gemacht, was ausgefressen?«

»Nie.« Donald umklammerte seine Kaffeetasse, als müsse er aufpassen, daß sie ihm nicht davonlief. »Er könnte niemandem etwas antun. Nie. Ein sanfterer Mensch hat nie gelebt.«

»Schafstall glaubt, Theo könne was ausgefressen haben und sein Verschwinden wäre eine Flucht davor, zur Verantwortung gezogen zu werden«, sagte ich.

»Papperlapapp. Schafstall ist mißtrauisch von Beruf«, grummelte Donald. »Ich kenne Theo, er nicht. Außerdem, wenn Theo irgendwas angestellt hätte und vor Strafe fliehen wollte, dann müßten wir doch inzwischen wissen, wovor, oder? Er hätte sich nicht aus dem Staube machen müssen, wenn die ganze Sache doch nicht entdeckt wird.«

»Na gut«, räumte ich ein, obwohl ich Donalds Argumente nicht für sehr überzeugend hielt, »die Leute in Amsterdam, bei denen er ist, kennst du die?«

»Tatsächlich war ich sogar mal mit Theo und Rüdiger in Amsterdam, vor ein paar Jahren«, antwortete er. »Rüdiger und er kannten da eine Gruppe von Leuten, und ich glaube, sie haben da auch schon mal übernachtet. Ich wußte nicht, daß der Kontakt noch so eng ist. Ich hatte das, ehrlich gesagt, schon völlig vergessen. Einer von denen hat, glaub ich, einen Kunsthandel oder so.«

»Würdest du den Weg zu ihm finden?«

»Nie. Ich bin damals nicht selbst gefahren und habe nicht auf den Weg geachtet. Ich fand Amsterdam auch sehr verwirrend. Ich wüßte noch nicht einmal, in welchem Stadtteil wir waren. Es war so ein Haus mit zwei Etagen, wo auch der 1. Stock seine eigene Haustür hat, da gibt es Tausende von. Ich weiß auch nicht mehr, wie die Leute hießen, und Theo kannte da ja sowieso verschiedene Typen, also weiß ich noch nicht mal, ob er bei denen ist, die ich damals auch besucht habe.«

»Dann bleibt uns also nur übrig, den Boten morgen abzufangen und zu verfolgen«, seufzte ich. Das war wohl das Ende für das gemeinsame Abendessen mit Schafstall. Mir wurde klar, daß ich mich mehr darauf gefreut hatte, als ich mir selbst erklären konnte. »Ich kümmere mich um einen Babysitter für Felix. Mann, das ist jetzt aber knapp. Morgen schon. Wir müssen genug Geld für ein Hotel mitnehmen, falls wir über Nacht bleiben.«

»Danke«, sagte Donald. »Ich wollte das nicht selbst vorschlagen, aber ich finde, wir dürfen diesen Boten nicht einfach so kommen und wieder gehen lassen. Es ist unsere einzige Chance.«

»Dein Auto«, bestimmte ich. »Ich setze meinen Jaguar nicht dem Verkehr in Amsterdam aus.«

»Klar, er wäre sowieso zu auffällig. Mein Capri kann ruhig ein paar Dellen und Kratzer vertragen. Sie können ihm meinetwegen vier Parkkrallen verpassen und in die nächste Gracht werfen, wenn wir nur Theo heil finden. Es ist vielleicht nicht gerade toll, daß wir bis nach Amsterdam müssen, aber jetzt wissen wir wenigstens, daß er noch am Leben ist.«

Ich war mir da nicht so sicher, aber ich wollte Donald nicht beunruhigen. Schließlich leben Elvis und Jim Morrison Berichten zufolge immer noch unter falschen Namen in Amsterdam – und bekanntlich sind die auch schon lange tot.

Jeder Muskel schmerzte, sein Körper haßte ihn, und er konnte nicht mehr aufstehen und weglaufen vor diesem Boden und diesem Schrank, die so gnadenlos auf ihn einschlugen. Er hatte kein Gefühl mehr für die Zeit.

Einmal hatte er den Eindruck, noch etwas anderes würde ihn berühren, nicht so brutal wie der Boden, und er glaubte, jemanden sprechen zu hören, aber die Schläge waren so laut, daß er nichts verstand; und er hatte einen schwarzen Schleier vor den Augen, so daß er nichts sehen konnte.

15.

»Seit meinem Wehrdienst habe ich mich nicht mehr so gelangweilt. Und so kalt war mir seit damals auch nicht mehr«, maulte Donald und räkelte sich auf dem Fahrersitz seines Capri.

Es war Samstag gegen zwölf Uhr mittags. Seit zehn Uhr saßen wir im Capri, tranken Kaffee aus einer Thermoskanne und warteten. Wir hatten uns strategisch geschickt gegenüber vom Haus der Amberg-Krügers plaziert, so daß uns niemand entgehen konnte, der durch ihre Tür hineinkam oder herausging. Nur war bisher außer der Briefträgerin noch niemand gekommen oder gegangen. Ich fürchtete, wenn wir noch viel länger warten müßten, würden wir der Polizei auffallen, die das türkische Konsulat bewachte, und wegen Vorbereitung einer Straftat festgenommen. An das, was nach noch längerem Warten mit meiner Blase passieren würde, wagte ich gar nicht zu denken.

Als hätte er meine Gedanken gelesen, klagte Donald: »Außerdem muß ich mal. Wenn er nicht bald kommt, brauche ich selbst Epilepsie-Medizin. Ich krieg nämlich langsam Krämpfe vom Sitzen.«

»Jammer nicht so rum. Du hättest besser mal deine Standheizung reparieren lassen sollen. Ich bringe hier ja wohl die größeren Opfer. Weil wir nach Amsterdam fahren wollen, habe ich mich meinem Sohn entfremdet und ein Essen im feinsten Restaurant Düsseldorfs abgesagt.«

Ich hatte Schafstall erst am Morgen benachrichtigen können, am Freitag abend war er nirgends zu erreichen gewesen. Wie sich herausstellte, hatte er sich nicht vergnügt, sondern zu einer völlig ergebnislosen Großrazzia gemußt. Als ich ihn dann an der Leitung hatte, erzählte ich ihm, daß ich absagen müßte, weil ich mit Donald kurzfristig nach Amsterdam wollte.

»Ist das wegen Ihrer Nachforschungen?« fragte er sofort.

»Ja. Wir haben eine Spur, die nach Amsterdam führt. So sagt man doch, oder? Jedenfalls wollen wir mal nachsehen. Herr Dack steht völlig neben sich, solange wir seinen Freund nicht gefunden haben.«

»Nach Amsterdam ist er? Hoffentlich arbeitet er nicht in einer illegalen Wechselstube.«

»Nein, es könnte sein, daß er sich bei Bekannten aufhält, die einen Kunsthandel betreiben.«

»Er heißt doch Theo, oder? Hat er einen Bruder, der Vincent heißt? Dann ist er ja im Kunsthandel gerade richtig«, witzelte Schafstall.

»Vielleicht plant er ja einen großangelegten Museumsraub. Dann kommen wir ihm ja wirklich ungelegen, wie Sie befürchtet haben. Mir ist ein bißchen unwohl bei der Sache. Daß wir da einfach so ungefragt aufkreuzen«, gab ich zurück.

»Ich bin zwar sauer, daß Sie nicht mit mir essen gehen«, antwortete er, »aber Sie schaffen das schon. Ein bißchen Abenteuerlust gehört einfach zum Leben.«

»Danke«, sagte ich, »daß Sie mir keine Moralpredigt halten, von wegen Ermittlungen jeder Art sind nur für die Polizei und wie schrecklich gefährlich das alles ist. Und danke für die Streifenwagen, die neuerdings so häufig durch meine Straße fahren.«

Ich konnte förmlich hören, wie er am anderen Ende der Leitung rot wurde. Nach einer längeren Pause erklärte er schließlich ziemlich lahm: »Ich weiß nicht so ganz, wovon Sie reden. Aber ich habe natürlich keinen Einfluß auf die Streifenwagen in Essen. Gar keinen Einfluß.«

»Vielleicht nicht offiziell«, sagte ich, »aber wenn Sie mal freundlich anfragen, werden Ihre Kollegen Ihnen wohl kaum einen Gefallen ausschlagen. Sei's drum. Wir werden jedenfalls möglicherweise in Amsterdam übernachten. Sie müssen alleine essen gehen.«

»Ich gehe nicht alleine essen. Das macht keinen Spaß ohne Sie. Dann schmeckt doch alles wie Pappe.«

Diesmal war ich an der Reihe, rot zu werden.

Mit Felix war die Sache nicht so einfach gewesen. Als ich ihm erzählte, daß ich mit Donald nach Holland fahren würde, wollte er natürlich mit. Als ich versuchte, ihm klarzumachen, daß das nicht ginge, weil wir ernsthafte Sachen machen würden, die nur Erwachsene interessierten, wurde er wütend.

»Ist das wegen der Frau mit der Ratte? Seitdem sie hier war, bist du dauernd weg. Was würdest du eigentlich sagen, wenn ich immer weg wäre? Warum kann ich nicht mit nach Holland? Nie nimmst du mich mit! Du bist gemein! Ich reiß einfach aus, dann weißt du, wie das ist!«

Das mit dem Ausreißen erschütterte mich nicht mehr so sehr wie damals, als er es mir zum ersten Mal angedroht hatte, weil so eine Warnung bei der fünfzigsten Wiederholung einfach etwas an Wirkung verliert. Aber er war wirklich gekränkt. Alle Beschwichtigungsversuche nützten nichts, auch Bestechungen in Form von Süßigkeiten und Versprechungen, mal irgendwann woanders hinzufahren, fruchteten nicht. Er hatte den ganzen Abend nicht mehr mit mir gesprochen und wollte keinen Gute-Nacht-Kuß. Natürlich erreichte er genau das, was er wollte: Ich hatte ein unglaublich schlechtes Gewissen, und als ich ihn am Samstag morgen bei seiner Großmutter zurückließ, hatte ich die geröteten Augen, nicht er. Ein paar Stunden später war meine Stimmung entsprechend auf dem Tiefpunkt.

»Da mußt du mit ihm einfach einen anderen Ausflug machen«, schlug Donald vor und trommelte mit den Fingern auf dem Armaturenbrett, das schon die Spuren von ähnlichen früheren Mißhandlungen trug, »sozusagen als Wiedergutmachung. Fahr mit ihm nach Paris, nach Euro-Disney.«

»Bist du verrückt? Bin ich Krösus? Außerdem ist der Schund, den er im Fernsehen sieht, schon schlimm genug. Das muß ich nicht noch unterstützen, indem ich ihn in diesen Hort amerikanischen Kulturimperialismusses schleppe. Er soll europäische Werte kennenlernen –«

»Asterix-Park«, unterbrach Donald mich. »Fahrt statt dessen zum Asterix-Park.«

»Hm. Das klingt schon bedeutend besser. Ja, da könnte man ernsthaft dran denken. Das ist doch was anderes. Könntest du –«

»Da kommt er!« rief Donald.

Ein ziemlich heruntergekommener weißer Polo mit niederländischem Kennzeichen näherte sich langsam. Weil die fahle Mittagssonne auf seine Windschutzscheibe fiel, konnten wir den oder die Insassen nicht erkennen. Schließlich hielt er im Parkverbot, und ein schlanker, großer Typ mit wilden braunen Locken stieg aus. Er trug ausgelatschte Stoffturnschuhe, eine kurze Windjacke und ein langes, rot-weiß gestreiftes Sweatshirt über einer roten Jeans. Er bewegte sich schlacksig, und die Füße drehten sich beim Gehen stark nach außen. Der Niederländer steuerte sofort die Haustür unseres Lieblingsbankers an und klingelte.

»Mann, so wie der geht, muß er aufpassen, daß er keinem das Kellerfenster eintritt«, kicherte Donald.

»Wenn er rüberguckt, müssen wir anfangen, uns abzuknutschen, damit er keinen Verdacht schöpft«, sagte ich.

»Unmöglich«, entgegnete Donald, »stell dir vor, jemand, den ich kenne, würde uns sehen. Das würde meinen Ruf ruinieren, und ich könnte mich nirgendwo mehr sehen lassen.«

»Du mußt dir doch keine Sorgen mehr um deinen Ruf machen, wenn du erstmal mit Theo in Amsterdam einen gutlaufenden Coffee-Shop unterhältst«, wandte ich ein.

»Das müßte Theo ohne mich machen, ich hasse Leute, die rauchen. Da schteig isch lieber insch Diamantengeschäft ein.« Eine Filzstiftkappe behinderte ihn etwas beim Sprechen. Er notierte die Autonummer des parkenden Polos. »Nur für den Fall, daß er uns durch eine Aneinanderkettung unglücklicher Umstände entwischen sollte«, erklärte er.

Der Niederländer war, nachdem Dirk ihm geöffnet hatte, im Haus verschwunden.

»Unterschreibt er da noch eine Quittung, oder was?« nörgelte Donald. »Hoffentlich erzählt Dirk ihm keine Scheiße. Der bringt es fertig und verrät uns.«

»Das werden wir ja sehen. Wenn er rechts überholt, bei Rot über einen Radweg oder über hochgeklappte Zugbrücken fährt, dann wissen wir, daß Dirk ihn gewarnt hat«, beruhigte ich.

»Wieso, das ist doch völlig normales Verhalten für Holländer«, witzelte Donald.

Die Haustür mit dem schmucken Kranz öffnete sich wieder. Der Bote kam heraus. Er hielt ein kleines Päckchen in der Hand. Wir mußten keine Angst haben, daß wir ihm irgendwie auffallen könnten; er ging schnurstracks auf sein Auto zu und schloß auf.

»Los geht's«, sagte Donald und drehte den Zündschlüssel im Schloß. Der Capri gab einen kurzen Rülpser von sich und sprang in die Luft. Das war alles.

»Oh nein!«

»Donald, kennst du das Gleichnis von den zehn Frauen, die zur Hochzeit wollen –«

»Verschon mich mit frommen Geschichten. Bete lieber, daß die Karre anspringt.« Beim zweiten Versuch klappte es, und wir erreichten den Polo, bevor der um die erste Ecke bog.

Donald atmete tief durch. »Eigentlich«, sagte er, »müssen wir uns keine großen Sorgen machen. Er fährt wahrscheinlich erst auf die 40 und dann auf die 3. Wir müßten ihn also sowieso auf der Autobahn Richtung Arnheim wiedertreffen. Richtig gefährlich wird es erst, wenn wir nach Amsterdam reinkommen.«

Wir folgten dem Polo zur Autobahn. Ab und zu ließ Donald ein Auto zwischen uns, aber meistens leuchtete das gelbe Nummernschild direkt vor uns. Es war so ungefähr das einzig Leuchtende an diesem Novembermittag. Der Himmel war zwar klar, aber die Sonne war zu schwach, um etwas Blau hineinzuzaubern. Die Natur hatte ihre Winterpause eingelegt, die Häuser wirkten einheitsgrau, und weil Autos heutzutage ja bevorzugt schwarz, schwarz oder vielleicht auch schwarz sind, gab es auch auf der Autobahn nichts Buntes. Die direkte Nachbarschaft der Gute-Hoffnung-Brücke hinter Oberhausen war durch Bauarbeiten so verschlammt, daß selbst die orangen Arbeitsfahrzeuge mit einem braunen Schleier überzogen waren. Die Lärmschutzwände waren grau, die Abraumhalden waren grau, die riesigen Regenpfützen, die sich auf den Wiesen und Äckern neben der Fahrbahn gebildet hatten, waren grau.

Die trostlose Umgebung paßte zu meiner Stimmung. Meine Laune sank unter Null. Ich dachte an Felix. Würde er immer noch schmollen, wenn ich zurückkam?

Donald ließ dem Polo einen kleinen Vorsprung. Seine Stimmung war im Gegensatz zu meiner auf einem Höhepunkt. Er genoß die Verfolgungsjagd. Das war noch ein Punkt, der mir Sorge machte. Was wäre, wenn wir Theo zwar finden, der uns aber rausschmeißen würde? Nach der Art zu urteilen, wie Theo sich vor seinem Verschwinden benommen hatte, war Donald nicht außergewöhnlich wichtig für ihn gewesen. Warum sollte er jetzt plötzlich seine Meinung ändern und Donald um den Hals fallen?

Wir fuhren durch die alte Grenzstelle, die fast unbelebt brachlag. Auf holländischer Seite wurde die Aussicht auch nicht besser. Die Felder neben der Autobahn waren grau und kahl. Die Lagerhallen von Speditionen und Großhändlern wirkten klotzig und eintönig. Auf den Weiden zwischen ihnen ließ sich keine Kuh blicken. Ein paar Schafe lagen gelangweilt auf matschigen Weiden und waren fast so dreckig wie der Schlamm, der sie umgab.

»Ein Grauer Baum«, murmelte ich.

»Wo ist ein grauer Baum?« fragte Donald. »Ist hier nicht sowieso alles grau?«

»Nein«, antwortete ich, »ich meine das Gemälde von Mondrian. Ist mir nur so eingefallen.«

»Kenn ich nicht«, sagte Donald. »Aber wenn er einen grauen Baum mit roten und blauen Kästchen darstellen kann, ist er wirklich ein Künstler.«

Je mehr wir uns Amsterdam näherten, desto dichter wurde der Verkehr. Donald gab sich Mühe, den Polo nicht mehr aus den Augen zu verlieren.

»Ein Glück, daß er nicht noch später gekommen ist. Wenn wir erst nachmittags gefahren wären, wäre es schon dunkel gewesen und wir hätten uns nie zurechtgefunden.«

»Wie gehen wir vor, wenn er in der Stadt irgendwo anhält? Sollen wir uns sofort auf ihn stürzen?« fragte ich.

»Wenn wir keinen Parkplatz in seiner Nähe finden, schlage ich vor, daß du schnell aussteigst und darauf achtest, in welches Haus er geht. Ich komm dann nach, sobald ich den Wagen irgendwo abgestellt habe.«

»Sieht dir ähnlich, mich mal wieder alleine in die Höhle des Löwen zu schicken.«

»Ist die Sache mit Dr. Bonnes immer noch nicht vergessen?« seufzte Donald. »Aber mach dir mal keine Sorgen, ich will unbedingt in vorderster Front sein, wenn wir Theo finden.«

»Du hast doch bloß Angst, er könnte sich in mich verlieben, wenn er mich zuerst sieht«, spottete ich.

»Mit sowas scherzt man nicht. Oh guck mal, er biegt auf die Ringautobahn ab. Hinterher!«

Donald blinkte, aber noch in der Ausfahrt drängte sich von links ein Honda zwischen uns und den Polo. Donald ging in die Bremse und hupte.

»Vollidiot! Polderratte! Kannst du nicht besser aufpassen!« schrie er. »Fast wäre ich in ihn reingefahren.«

»Bleib ruhig, Donald. Wenn er uns jetzt entwischt, können wir ihn immer noch an einem anderen Tag verfolgen. Das ist nicht unsere einzige Chance.«

Er beruhigte sich wieder ein bißchen, zeigte dem Hondafahrer ein Vögelchen und klebte sich an dessen hintere Stoßstange. Dummerweise war der Honda dem Polo gegenüber nicht so anhänglich und ließ noch einen Wagen dazwischen.

»Überhol sie alle«, schlug ich vor, »setz dich davor. Wenn er raus will, kannst du immer noch blinken.«

»Vorausgesetzt, er blinkt früh genug«, entgegnete Donald und setzte zum Überholmanöver an. Kaum waren wir vor dem Polo eingeschert, als dieser auch schon rechts blinkte. Also fuhren auch wir bei der nächsten Abfahrt von der Autobahn.

»Wie kommen wir jetzt bloß wieder hinter ihn«,

jammerte Donald, während wir vor dem Eintritt in das Innenstadtgebiet vor einer Ampel warten mußte. Der Polo stand direkt hinter uns.

»Dreh doch auf dem Gelände der Tankstelle da vorne eine Ehrenrunde. Währenddessen fährt er an uns vorbei.«

»Gute Idee. So machen wir es.«

Unser Plan klappte, aber wenn der Fahrer des Polos jetzt noch nicht gemerkt hatte, daß wir ihn verfolgten, mußte er wirklich blind sein. Da wir mitten im dicksten Innenstadtverkehr waren, blieb Donald gar nichts anderes übrig, als jedes seiner Manöver nachzumachen. Wir folgten ihm durch ein verwirrendes Labyrinth von Straßen, wobei wir bewundern durften, wieviel Geld die Stadt Amsterdam in Baustellen steckte, die Straßen halbseitig blockierten. Einmal hatte ich das ungute Gefühl, daß wir verkehrtherum durch eine Einbahnstraße fuhren, aber wenn der Polo da durchkam, war es wohl zumindest Anwohnerrecht, auf diesem Stück gegen den Strom zu schwimmen. Oder vielleicht war das auch nur die angeblich typische Eigenart der Holländer, den Vorschriften frech Paroli zu bieten. Donald fuhr mit der Rücksichtslosigkeit von jemandem, der weiß, daß sein Auto sowieso nur noch von den Aufklebern auf dem Kofferraum zusammengehalten wird.

Nachdem wir zehn Minuten lang bestaunt hatten, wie viele Grachten es in Amsterdam gab und wie viele verschiedene Wege, sie zu überqueren, und als Donald und ich völlig orientierungslos waren, folgten wir dem Polo in eine enge Gasse, offensichtlich wieder eine Einbahnstraße, deren gepflasterte, einspurige Fahrbahn an beiden Seiten von zugestellten Parkstreifen und kleinen Steinpölen gesäumt wurde. Daneben war jeweils ein halber Meter Bürgersteig und dahinter schmale schwarze Häuser, meistens mit einem kleinen Geschäft oder Café im Erdgeschoß und Wohnungen darüber. Damit man die Straßenbegrenzungspfähle auch klar als Eigentum der Stadt Amsterdam erkannte, waren jeweils drei quergestellte Kreuzchen darin eingeprägt.

Der Polo stoppte in diesem Gäßchen plötzlich, weil vor uns ein Müllwagen die Fahrbahn versperrte. Es war kein richtiges Müllauto, in das die Tonnen nur noch gekippt werden mußten, sondern ein einfacher Lieferwagen mit hydraulischer Hebebühne. Ein Mann tauschte leere Mülltonnen aus dem Wagen gegen volle aus, die auf dem Bürgersteig standen. Dabei hatte er alle Zeit der Welt.

Ich nutzte die Wartezeit, um die Nachbarschaft zu begutachten. Direkt links neben unserem Auto war eine Teestube, in deren Eingang eine alte Frau stand, die mit einem Radfahrer plauderte. Daneben war ein winzig kleines Fischrestaurant, in dessen Fenster die Preise für Hering mit Bratkartoffeln aushingen. Die beste Werbung für das Restaurant war der Kartoffelduft, der bis in unser Auto strömte. Mir lief das Wasser im Munde zusammen. Donald und ich hatten zwar daran gedacht, eine Thermoskanne mit Kaffee mitzunehmen, aber wir hatten vergessen, Wegzehrung einzupacken, und so hingen unsere Mägen bis auf die Knie. Ich nahm mir vor, Schafstall bei unserem nächsten Essen unbedingt in ein Restaurant zu lotsen, das Fisch mit Bratkartoffeln auf dem Speiseplan hatte.

Zu den anderen Merkmalen der Straße gehörten zahlreiche Hundehaufen auf dem Bürgersteig, ein Kunstatelier mit Bildern, die aussahen, als wären sie unter ständigem Drogenkonsum entstanden, und ein charmantes Verkehrsschild, das in Comicform die beiden Alternativen beim Parken zeigte: entweder ein Parkbillet ziehen, oder eine Kralle an den Reifen bekommen.

Da wir hinter dem Müllauto und dem Polo eher unfreiwillig parkten, hielten wir es nicht für nötig, ein Kärtchen zu ziehen. Hinter uns stauten sich inzwischen Autos in allen Größen und Farben. Alle fügten sich gelassen in ihr Schicksal.

Der Müllmann ließ die Ladefläche seines Wagens geöffnet, fuhr ein paar Meter und stieg wieder aus. Die paar Meter waren fatal. Links neben dem Müllwagen war ein freier Parkplatz, Raum genug für den Polo, um sich am Müllwagen vorbeizuschlängeln und vor ihm zu verschwinden.

»Scheiße! Wir passen da nicht durch!« schrie Donald und biß in sein Lenkrad. Der Müllmann tauschte unterdessen grüne Mülltonnen gegen rote und rote gegen schwarze aus, die er dann durch grüne ersetzte. Offensichtlich genoß er dabei das Leben.

Donald trommelte mit den Händen aufs Armaturenbrett. »Ich werd wahnsinnig! Er ist weg! Das darf doch nicht wahr sein!«

Ich öffnete meinen Sicherheitsgurt und die Beifahrertür. »Weit kann er nicht sein«, sagte ich. »Vielleicht parkt er direkt auf der anderen Seite vom Müllwagen. Ich geh mal gucken.«

»Sei vorsichtig!« rief Donald.

»Wieso, meinst du, er hält mich für eine Mülltonne und rollt mich weg? Bleib schön, wo du bist.«

Er streckte mir die Zunge raus, und ich spazierte am Müllwagen vorbei. Der Polo hatte nur ein paar Schritte davor einen leeren Parkplatz gefunden. Sein Fahrer verschwand gerade in einem Hauseingang.

Ich machte mir erst einmal meine Schnürriemen auf und gleich wieder zu. Ich stellte mir vor, daß ich durch diese alltägliche Bewegung perfekt mit dem Straßenbild verschmelzen würde. Wenn ich eine Zeitung dabeigehabt hätte, hätte ich sie vor meinem Gesicht auseinanderfalten und zwei Löcher zur Durchsicht reinpieksen können, aber leider fehlte mir dieses für Beschattungen so wichtige Utensil. Als ich wieder aufblickte, war der Mann weg. Gut so. Natürlich hatte er nicht bemerkt, daß ich da war. Ich beglückwünschte mich zu meinem 08/15-Aussehen, das offensichtlich neben meinem professionellen Verhalten dazu geführt hatte, daß ich wohl unentdeckt geblieben war.

Da Donald auf sich warten ließ – der Müllwagen hatte sich noch nicht vom Platz gerührt, und zu allem Übel begann der Müllmann, laut *Take me home, country roads* zu pfeifen – näherte ich mich allein vorsichtig dem Haus, in dem der Mann verschwunden war. Das Gebäude beherbergte nur Wohnungen, kein Geschäft. Wenn man ins Erdgeschoß wollte, mußte man auf ebener Erde durch eine Haustür; aber diesen Eingang hatte der Mann nicht benutzt, sondern die Treppe, die direkt von der Straße aus durch einen Hausgang zum ersten Stock führte. Die Stufen gingen so steil aufwärts, daß man von unten ihr Ende kaum sehen konnte.

Ich entschied mich hinaufzugehen. Wenn es mir oben nicht gefiel, konnte ich immer noch umdrehen und auf Donald warten. Es gab im Treppenhaus oder Aufgang, oder wie immer man diese seltsame architektonische Laune bezeichnen möchte, kein Licht, und so wurde es düster, wenn man sich nach oben begab. Ich ging aber tapfer weiter, bis ich vor einer hölzernen Tür stand. Ein Briefkastenschlitz in der

Tür war mit dem Namensschildchen *Ammik* versehen. Wenn Theo tatsächlich hier wohnte, dann hängte er es zumindest nicht an die große Glocke.

Ich wußte nicht recht, was ich tun sollte, und blieb unentschlossen vor der Tür stehen. Sollte ich klopfen oder auf Donald warten? War der Typ im Polo tatsächlich hier verschwunden? Für einen Moment fühlte ich mich schrecklich allein.

Der Straßenlärm klang nur noch gedämpft an meine Ohren. Auf einmal hatte ich das Gefühl, es wäre nicht das einzige Geräusch, das ich von hinten hörte. Ein leises Rascheln, das näher war, als mir lieb sein konnte, direkt hinter meinem Kopf.

Als ich mich umdrehen wollte, war es schon zu spät. Ein Blitz schlug in meinen Schädel ein. Eigentlich spürte ich eher einen heftigen Luftzug als den Schmerz, der sich schockartig und lähmend von meinem Kopf bis in meinen Rücken ausdehnte.

Mein vorletzter Gedanke war, daß ich sterben würde, ohne jemals Schafstalls Vornamen erfahren zu haben. Meine letzte Denkanstrengung war, mich über meinen vorletzten Gedanken zu wundern.

Dann wurde es dunkel.

Das Messer…

Er hatte doch ein Messer in der Hand gehabt, als das alles anfing.

Wo war es jetzt?

16.

»Bist du wahnsinnig geworden? Du hättest sie umbringen können!«

Nein, das konnte unmöglich der Himmel sein. Im Himmel wurde nicht geflucht und nicht geschimpft. Wenn es nicht der Himmel war, konnte ich ja ruhig weiterschlafen. Ich räkelte mich und versuchte, mich umzudrehen.

»Achtung, sie wacht auf.«

Weit gefehlt, junger Mann. Ich wollte doch weiterschlafen. Ich lag gerade so bequem. Das einzige, was mich störte, war das komische Brummen in meinem Kopf. Aber das würde vielleicht auch noch weggehen, wenn ich die Augen schön geschlossen hielt.

»Vielleicht sollten wir doch besser einen Arzt holen«, sagte die Stimme, die ich jetzt schon kannte.

»Nein! Was sollen wir denn dem erklären, wie das passiert ist?« antwortete jemand anderes, dessen Sprechorgan mich entfernt an Alfred J. Kwak erinnerte.

»Stimmt. Wir können ihm kaum erklären, daß du sie mit einer Taschenlampe k. o. geschlagen hast.«

»Ich hab ja vorher meinen Schal drumgewickelt.«

»Ja, du bist wirklich fürsorglich. Wie dumm von ihr, trotzdem umzufallen. Du Irrer!«

»Was sollte ich denn machen? Sie haben mich verfolgt. Dein Schwager hat gesagt, das wären Privatdetektive, die dein Vater angeheuert hat.«

Das Dröhnen an der Stelle in meinem Kopf, wo mal mein Großhirn gewesen sein mußte, ging nicht weg. Der Streit der beiden tat nichts, um dieses störende Geräusch zu lindern. Vielleicht sollte ich doch mal ein Auge öffnen und einen strafenden Blick wagen.

Ich öffnete meine Lider, wobei ich mehr Mühe hatte als erwartet, und erzielte auch sofort die erhoffte Wirkung: das Gespräch verstummte.

Zwei nervöse und erschrockene Gesichter beugten sich über mich. Ich erinnerte mich, daß das eine Gesicht einem Mann gehörte, den ich vor vielen Jahren mal im Auto verfolgt hatte, aber wie diese Geschichte ausgegangen war, wußte ich nicht mehr.

Doch... ich war ihm in ein Haus gefolgt, und dann –

Ich griff an meinen Hinterkopf und berührte eine Beule, die zuvor nicht zu meinen Körperrundungen gehört hatte. Außerdem tat sie weh.

»Tut mir wirklich leid«, flüsterte der eine Mann.

Ich sah mir den anderen an. Dünn, bleich, mit hellen Augen und geröteter Nase.

»Ja, es tut uns wirklich leid«, bekräftigte er, »er hat Sie wohl erschreckt, als er von hinten kam, und da sind Sie die Treppe runtergefallen und haben sich den Kopf aufgeschlagen.«

Dafür haben wir dich jetzt so lange gesucht, dachte ich, damit du mir sofort solche Lügengeschichten auftischst.

»Hey, Theo«, sagte ich.

Beide Köpfe schreckten zurück, und um sie weiterhin sehen zu können, mußte ich mich aufrichten. Wie ich dabei feststellte, lag ich auf einem Rattansofa in einem Wohnzimmer mit großen Fenstern, die über einen Hinterhof blicken ließen. An der gegenüberliegenden Zimmerseite hingen ein bunter, gewebter Wandteppich, eine geschnitzte Holzmaske, Pfeilspitzen und Fotos von Dschungellandschaften. Das tropische Motiv zog sich durch das ganze Zimmer. Großblättrige Grünpflanzen und Palmen überall, und neben der Tür stand eine etwa fünfzig Zentimeter große dunkle Holzfigur mit indianisch anmutenden Gesichtszügen und einer Kerbe im rechten Ohr. Jemand hatte ziemlich respektlos einen Aschenbecher auf ihren Kopf gestellt.

»Kennen – kennen wir uns?« fragte Theo.

»Nicht direkt«, antwortete ich und stützte mich an der Sofalehne ab, weil mir schwindelig war. Diese Schwäche beunruhigte mich. Vielleicht hatte mein Gastgeber mich nicht nur mit der Taschenlampe niedergeschlagen, sondern auch noch mit einem Giftpfeil aus der Amazonasregion beschossen? Ich schwankte und hatte Probleme, zumindest meinen Oberkörper in der Senkrechten zu halten. So elend hatte ich mich zum letzten Mal als Teenager auf einer Kanalfähre bei Windstärke neun gefühlt.

»Warte«, sagte der Mann, der für meinen bedauernswerten Zustand verantwortlich war, und stopfte mir ein mit indianischen Motiven besticktes Kissen hinter den Rücken. Wenigstens zeigte er Reue. Theo sagte nichts, sondern starrte mich mit aufgerissenen Augen so entsetzt an, daß ich befürchtete, die Attacke hätte nicht nur mein Innenohr außer Gefecht gesetzt, sondern auch noch eine besonders ekelhaft klaffende Eiterwunde hervorgerufen. Ich betastete sofort mein Gesicht, um festzustellen, daß alles noch so war, wie ich es kannte.

»Wir haben dich gesucht«, erklärte ich Theo. »Ich konnte ja nicht ahnen, daß du dich von einem Gorilla bewachen läßt, der alles kurz und klein schlägt, was ihm in die Quere kommt.«

»Schickt dich mein Vater?« fragte Theo, während sein Freund begann, ausgiebig seine Fingernägel zu begutachten und rot zu werden.

»Dein Vater? Ach was. Svetlana. Donald. Stefan.

Alle sind sie hinter dir her. Da fällt mir ein – Donald. Er muß noch irgendwo draußen im Auto auf mich warten. Vielleicht sollte ihn einer holen.«

»Wie, Donald Dack?« fragte Theo. Sein Gesicht bekam etwas frische Farbe.

Ich erklärte ihm, wer ich war und warum wir gekommen waren. Ich konnte förmlich hören, wie Steine von seinem Herzen prasselten, als ihm klar wurde, daß er wirklich nur von Leuten gesucht wurde, die einfach nicht ohne ihn auskamen.

»Ich gehe Donald holen«, erklärte er und stand auf. »Du bist jetzt schon eine Viertelstunde hier, hoffentlich hat er in der Zwischenzeit nicht die Polizei alarmiert. Marcel paßt auf dich auf, bis ich wieder da bin. Es dauert nicht lange. Tschüß.«

Er stürzte aus dem Raum, ohne sich um die verzweifelten Blicke seines Freundes zu kümmern, der bestimmt liebend gerne selbst gegangen wäre. Offensichtlich war es Marcel genauso peinlich, mit mir allein bleiben zu müssen, wie mir. Er senkte seinen Kopf, bis ihm die Haare vor die Augen fielen, und tat, als würde er sich enorm auf irgendwas konzentrieren.

Ich schloß solange meine Augen und gab vor, wahnsinnig erschöpft zu sein. Hoffentlich würde Theo Donald schnell finden.

Unangenehme Stille breitete sich aus.

Ich überlegte mir, irgendeine intelligente Frage zur tropischen Note in diesem Zimmer zu stellen, aber ich hatte Angst, er würde mir daraufhin seine Sammlung von echten Schrumpfköpfen aus dem Amazonasgebiet zeigen, und so sagte ich nichts.

»Willst du rauchen?« fragte Marcel schließlich.

»Nein. Aber tu dir keinen Zwang an.«

Er schüttelte den Kopf und begutachtete wieder seine Hände. »Vielleicht was trinken?«

»Hm. Nein, danke... Aber hast du zufälligerweise Vla im Haus?«

»Vla?« Seine Augen leuchteten, und in seine Schultern kam Bewegung. »Klar haben wir Vla. Vanille. Willst du was?«

»Wenn ich euch nichts wegesse...«

»Bestimmt nicht!« Er sprang auf und verschwand in der Diele. Ich hörte ihn im Nachbarzimmer, offensichtlich der Küche, rumoren. Er ließ sich bestimmt etwas länger Zeit als nötig war. Schließlich kam er mit einem Plastiktöpfchen, von dem er fürsorglich bereits den Deckel abgerissen hatte, und einem Löffelchen zurück.

»Danke.« Ich machte mich sofort daran, die wabbelnde Puddingmasse zu verdrücken. Gut, daß Felix mich nicht sehen konnte, dem ich immer klarmachen mußte, daß man den Nachtisch nicht vor einem ordentlichen Mittagessen zu sich nehmen sollte.

Wir waren beide erleichtert, daß ich etwas zu tun hatte, und die nächsten Minuten verliefen relativ entspannt. Aber dann war ich fertig, und nachdem Marcel eine größere Zeremonie daraus gemacht hatte, den leeren Puddingbecher in die Küche zu bringen, verfielen wir wieder in peinliches Schweigen.

»Ajax«, sagte ich schließlich.

»Was? Was ist mit Ajax?« Er schreckte zusammen.

»Bist du auch Ajax-Fan?« fragte ich.

»Nein«, antwortete er, »ich bin nicht eigentlich aus Amsterdam. Willem Zwo.«

»Ich weiß nichts von Wilhelm Zwei. Aber Cruyff! Ist der nicht toll!«

»Der ist doch schon seit hundert Jahren nicht mehr bei Ajax.«

»Ich weiß, aber zu meiner Zeit war er es. Und dann ist er als Trainer wiedergekommen und sah immer noch genauso aus wie früher. Und hatte immer noch die gleiche freche Schnauze. Toll. Außerdem mag ich dünne Männer.«

»Ich kann ihn nicht besonders ausstehen«, erklärte Marcel und bekam etwas Farbe auf den Wangen. »Der kennt uns doch gar nicht mehr. Sein Haus in Amsterdam hat er verkauft, und seine Enkel sind Spanier.«

»Na und? Man muß doch auch an die Zukunft denken. Es ist durchaus ratsam, in höher gelegene Regionen abzuwandern. Wenn die Polarkappen weiter schmelzen, bleibt von eurem hübschen Land nicht mehr viel übrig«, stichelte ich.

»Da mach dir mal keine Sorgen. Wir ziehen dann alle ins saure Land. Da fahr ich sowieso immer hin, wenn da Schnee liegt.« Langsam kam er in Fahrt.

»Na also. Warum wirfst du Cruyff dann vor, daß er nach Barcelona flieht? Du bist doch bloß sauer, daß er eure desolate Nationalmannschaft vor der letzten WM nicht übernommen und auf Vordermann gebracht hat. Entsprechend hat sie dann ja auch versagt.«

»Versagt? Aber ihr! Ihr wart auch nicht besser!«

»Wir haben es immerhin einen Tag länger beim Turnier ausgehalten als ihr.«

Marcel schlug sich auf die Oberschenkel und gab einen Heuler von sich. »Uh-uh! Aber nur, weil euer Viertelfinalspiel einen Tag später war als unseres! Ihr seid auch nicht weiter gekommen als wir. Und eure Spiele waren noch schlimmer, als man es sonst von euch gewohnt ist.«

»Quatsch. Ihr habt gegen Belgien verloren, und wir haben gegen Belgien gewonnen. Also waren wir besser. Eure Spieler können doch nur spucken. Außerdem sehen sie in ihren orangen Trikots aus wie die Müllmänner.« Ich begann, mich wohlzufühlen. Es war doch eine gute Idee gewesen, hierher zu fahren.

»Aber '88! Was? Sahen sie da auch aus wie die Müllmänner? Da haben sie es euch aber gezeigt, die Müllmänner!«

»Ja, da haben wir euch gewinnen lassen, weil ihr ja sonst gar nicht mehr mitspielen wolltet«, räumte ich ein. »Das war ja auch ein geschenkter Elfmeter.«

»Man konnte ihn geben! Das war völlig regulär«, ereiferte sich Marcel, der offensichtlich anfing, die Unterhaltung genauso zu genießen wie ich. »Gezeigt haben wir es euch, in eurem eigenen Stadion. In den Boden gestampft!«

»Mag ja sein, aber '90 haben wir euch dafür wieder so richtig verdroschen. Ich seh noch euer Lama vor mir, wie es vom Platz kriecht –«

»– begleitet von eurem grauhaarigen Elfmeterschinder –«

»– mit hängendem Kopf, weil wir es euch mal wieder gezeigt haben.«

»Aber '92? Wie haben wir euch da wieder plattgemacht. Vom Platz gefegt.« Marcel konnte seine dreiste Genugtuung nicht verheimlichen.

»Na und? Wer ist denn in dem Jahr ins Finale gekommen, ihr oder wir?« konterte ich.

»Wir wollten ja gar nicht ins Finale kommen, wir wollten nur euch schlagen, und das ist uns mal wieder gelungen. Schließlich waren wir ja noch kürzlich Europameister geworden, da hatten wir es nicht schon wieder nötig.«

»Aber wir waren schon zweimal Europameister. Und dreimal Weltmeister. Da braucht ihr noch Jahrhunderte, um uns das nachzumachen.«

»Aber wir–« begann Marcel, da öffnete sich die Wohnzimmertür, und Theo und Donald traten ein.

»Da sind wir. Habt ihr euch gut unterhalten?« fragte Theo, während er seine Jacke und seinen Schal über eine Stuhllehne warf.

»Prächtig«, sagte ich, und Marcel nickte zustimmend. Ich liebe Gespräche über Sport, jeder hat eine Meinung dazu, und völkerverbindend ist es auch.

»Du hast also Veronika zusammengeschlagen«, meinte Donald zu Marcel. »Gut so. Sie braucht das ab und zu.«

»Ja, ich weiß jetzt, daß sie es auch verdient hat«, antwortete Marcel.

»München '74, du Käskopp«, zischte ich ihm zu.

»Hamburg '88«, gab er zurück.

»Mailand–«

»Ich weiß ja nicht, was ihr da treibt«, unterbrach uns Donald, »aber ich für meinen Teil würde jetzt gerne was essen.«

Minuten später saßen wir ein paar Häuser weiter im Restaurant und aßen Fisch mit Bratkartoffeln. Marcel war nicht dabei. Angeblich war er aufgebrochen, um seine Frau abzulösen, die in irgendeinem gemeinsamen Laden den Verkauf überwachte. Ich glaubte allerdings, daß er in die nächste Buchhandlung gerannt war, um sich aus Sportjahrbüchern neue Daten zu besorgen, die er dann als Munition gegen mich verwenden konnte.

Während Donald und ich unser Essen verschlangen, hielt Theo sich an einem Glas Cola fest und wirkte abwesend. Er war bleich, dünn, und die relative Farblosigkeit seiner Haare verstärkte noch den kränklichen Eindruck. Er drehte sein Cola-Glas zwischen den Händen hin und her und erzählte uns, wie es ihm in den letzten Monaten ergangen war.

»Marcel und Anja haben mich sofort aufgenommen, als ich sie darum gebeten habe. Ich schlafe bei ihnen im Wohnzimmer auf der Couch.«

Von deren Vorzügen hatte ich mich ja auch überzeugen können. Er sprach weiter: »Wir suchen noch nach einer eigenen Unterkunft für mich, aber im Moment bin ich ganz froh, daß ich nicht alleine leben muß. Die beiden betreiben den kleinen Kunstladen hier in der Straße, habt ihr den eben gesehen? Sie malen auch beide selbst, ein paar Bilder sind ihre eigenen Werke, und hinter dem Verkaufsraum haben sie ihr Atelier. Ich mache ihnen jetzt die Buchhaltung. Es macht Spaß, mit Künstlern zu arbeiten, das habe ich schon immer gern gemacht. Stefan ist auf seine Art ja eigentlich auch ein Künstler.«

»Stefan hat Probleme ohne dich, genau wie Svetlana«, sagte Donald. »Und genau wie ich«, fügte er hinzu.

Theo nahm einen Schluck aus seinem Glas und spielte anschließend wieder damit. Er antwortete nicht.

»Theo«, sagte ich und schob mein Besteck auf dem Teller zusammen, »ich will dir hier keine Predigt halten, aber warum hast du es so weit kommen lassen? Ich meine, daß wir erst Marcel nachspionieren mußten, um dich zu finden und zu erfahren, daß es dir gut geht? Warum hast du niemandem Bescheid gesagt? Warum bist du untergetaucht?«

Er putzte sich die Nase und sagte nichts. Ich hatte zuvor nicht den Eindruck gehabt, er sei verschnupft.

Auch Donald hatte aufgehört zu essen und wandte

sich Theo zu. »Wir sagen niemandem, wo du bist, wenn du das nicht willst. Wir wollen uns auch nicht aufdrängen. Wir haben uns nur Sorgen gemacht. Ich verstehe zum Beispiel nicht, warum du noch nicht mal selbst zum Arzt gehen willst. Wovor hast du solche Angst?«

Theos Augen bekamen rote Ränder. Er putzte sich wieder die Nase. »Ich dachte, mein Vater würde mich suchen lassen«, sagte er leise. Seine Mundwinkel zitterten.

»Warum hast du solche Angst vor deinem Vater?« bohrte Donald nach. »Du bist doch längst fertig mit ihm. Er kann dir doch gar nichts mehr sagen.«

Theo konnte seine Tränen nicht mehr länger zurückhalten. »Scheiße«, murmelte er.

Donald rückte näher an Theo und nahm ihn in den Arm. »Was ist denn los? Willst du es uns nicht sagen?«

Theo begann, krampfartig zu schluchzen. Donald zog ihn mit beiden Armen zu sich, und Theo vergrub sein Gesicht in Donalds Schulter. Es war eine Szene von solcher Intimität, daß ich mich fast wie ein ungebetener Beobachter fühlte. Donald winkte den Kellner weg, der mit fragendem Gesicht an unseren Tisch gekommen war.

»Es ist wegen meiner Mutter«, schniefte Theo.

Donald warf mir einen besorgten Blick zu. Er klopfte Theo leicht auf den Rücken. »Was ist denn mit deiner Mutter?«

Theo richtete sich wieder auf und sah uns mit verquollenen Augen an. »Aber ich habe sie doch umgebracht.«

Schließlich hörten die Schläge auf. Die Schmerzen in seinem Körper ließen nach, seine Arme und Beine entkrampften sich. Seine Hose war feucht, aber er war zu müde, um sich zu schämen.

Die Müdigkeit zog ihn nach unten. Aber er durfte jetzt nicht schlafen, noch nicht. Sie war doch am Anfang bei ihm gewesen, wo war sie jetzt? Er richtete sich mit letzter Kraft auf.

»Mama? Mama!«

Sie konnte ihn nicht mehr hören.

17.

Ich bin froh, daß mich in diesem Moment niemand fotografierte, denn ich muß noch dümmer als sonst ausgesehen haben. Donald stand mir da allerdings um nichts nach. Seine Kinnlade klappte so weit nach unten, daß ich alle seine Plomben hätte zählen können.

»Was hast du da gesagt?« brachte er schließlich hervor.

»Es stimmt.« Theo versteckte sich wieder hinter seinem Taschentuch. Er zitterte am ganzen Körper, zog sein Cola-Glas zu sich hin und merkte erst, daß es leer war, als er es schon zum Trinken angesetzt hatte. Donald schob ihm seins hin, und Theo griff es und leerte es in einem hastigen Zug.

»Was faselst du denn da für einen Schwachsinn? Dafür sind wir jetzt hierhin gekommen, um so was zu hören?« fragte Donald, bei dem langsam die Empörung darüber, offensichtlich zum Narren gehalten zu werden, die Oberhand über die Überraschung gewann.

Theo setzte sein Glas ab und sackte ein Stückchen

auf seinem Stuhl zusammen. Für einen Moment befürchtete ich, er bekäme einen Anfall, aber schließlich richtete er sich wieder auf. Das Schlimmste war vorbei. Er räusperte sich und gewann an Fassung.

»Aber es stimmt. Ich habe sie umgebracht. Niemand ist an dem Abend bei uns eingebrochen. Ich hatte meinen ersten epileptischen Anfall. Ich hatte ein Küchenmesser in der Hand, als es plötzlich losging. Sie wußte nicht, was passierte, und hat versucht, mich festzuhalten. Dabei habe ich sie mit dem Messer erstochen. Natürlich nicht mit Absicht. Aber passiert ist es.«

Donald war bleich geworden. Ich hatte das Gefühl, ich würde minütlich dümmer. Das konnte doch unmöglich stimmen?!

»Und jetzt, nach dreiundzwanzig Jahren, glaubst du plötzlich, deswegen dein bisheriges Leben aufgeben zu müssen?« fragte ich. »Warum hat dich nicht schon früher dein Gewissen gequält?«

Er schüttelte den Kopf. »Nein, so war das nicht. Ich selbst kann mich an nichts mehr erinnern. Das ist nach jedem Anfall so, daß man in einen fast ohnmächtigen Zustand fällt, nachher aufwacht und nicht mehr weiß, was während des Anfalls vorgefallen ist. Zumindest war das bei mir immer so, damals auch. Ich habe sogar viele Jahre nicht gewußt, daß das damals mein erster Anfall war, und ich dachte, ich sei tatsächlich zusammengeschlagen worden, und habe mich nur immer gewundert, daß ich mich an keinen Angriff erinnern konnte.«

»Und wer hat sich jetzt für dich erinnert und dir weisgemacht, du hättest deine Mutter erstochen?« fragte ich, obwohl die Antwort schon klar war.

»Mein Vater natürlich. Er kam damals rein und sah uns da liegen, meine Mutter tot, ich geistig weggetreten. Er hat als Arzt sofort verstanden, was passiert war. Um mich zu schützen, hat er meine Mutter aus der Küche in die Diele getragen und behauptet, er hätte sie da gefunden. Und er hat die Sache für sich behalten, weil er mich nicht mit diesem Wissen belasten wollte. Und er hätte es mir auch nicht gesagt, wenn ich Vollidiot nicht nach Rüdigers Tod geglaubt hätte, eine große Bestandsaufnahme meines Lebens durchführen zu müssen. Ich wollte genau wissen, was an diesem Abend war.«

»Du mußt durch den Tod von Rüdiger wirklich durcheinander gewesen sein, daß du tatsächlich so eine Lügengeschichte geglaubt hast«, meinte ich, während Donald für sich und Theo eine neue Cola bestellte.

»Wie...« stammelte Theo und guckte uns ungläubig an. Daß wir uns weigerten, sein Entsetzen zu teilen und ihn nicht für voll nahmen, brachte ihn aus der gerade wiedergewonnenen Fassung.

»Denk doch mal nach«, sagte Donald. »Du warst dreizehn. Du bist selbst heute nicht gerade der Größte und Stärkste. Wie sollst du da eine erwachsene Frau erstochen haben?«

»Aber es war doch im Gerangel«, erklärte Theo. »Mein Vater sagt, ich hätte... ich hätte sie mehrfach erwischt, und sie wäre... wäre dann verblutet, bevor er eintraf.«

»Quatsch«, erklärte ich, »ich habe mich doch erkundigt. Deine Mutter ist durch nur zwei Stiche gestorben, die sie sehr gezielt in den Rücken bekommen hat. Da hat niemand wahllos auf sie eingestochen. Wenn sie bei dir in der Küche gestorben wäre, dann hätte man da doch wohl auch Blut von ihr gefunden, oder? Das war aber nicht so. Sie ist in der Diele in der Nähe der Eingangstür gestorben, und da lag sie in ihrer Blutlache. Niemand hat sie nach ihrem Tod noch durch die Gegend geschleppt. Es war auch kein Blut von ihr auf deiner Kleidung.«

»Wie konntest du nur so einen Schwachsinn glauben?« fragte Donald und genehmigte sich einen Schluck aus seinem Glas.

»Ja, aber–« Theo vergrub sein Gesicht in den Händen. »Ich weiß gar nicht mehr, wo mir der Kopf steht«, murmelte er.

»Macht nichts«, sagte Donald, der seine gewohnte Robustheit wiedergewann, nachdem ihm klar geworden war, daß Theos schockierende Bemerkung über seine Mutter nicht wahr sein konnte, »trink dir noch einen, und erzähl uns in aller Ruhe, was dein Vater dir weismachen wollte. Nimm noch eine Cola.«

»Kann ich nicht«, grummelte Theo, »zuviel Koffein.«

»Dann nimm eine koffeinfreie. Oder einen Orangensaft. Oder besser, iß was. So wie du aussiehst, könntest du was gebrauchen. Wann hast du zum letzten Mal deinen Teller aufgegessen?«

»Ich esse meine Teller nie auf«, antwortete Theo mit einem Anflug von einem Lächeln, »das Porzellan tut meinen Zähnen so weh.«

»Eben war er noch dem Nervenzusammenbruch nahe, und jetzt wird er schon wieder frech«, rief Donald mit gespielter Empörung. »Bestell dir doch auch Fisch mit Potaten. Jetzt, wo du weißt, daß du kein Mörder bist, kannst du auch aufhören, dich selbst zu kasteien und wieder was anderes zu dir nehmen, als trockenes Brot und verdünntes Wasser.«

»Nein, ich krieg nichts runter. Ich bin jetzt zu aufgeregt, um was zu essen. Ihr müßt das verstehen. Bis eben dachte ich noch, naja, mein Leben wäre sozusagen zu Ende, und jetzt kommt ihr und sagt mir, daß ich mir das alles nur eingebildet habe.«

»Ich glaube eher, daß man es dir eingeredet hat. Genauer gesagt, daß dein Vater es dir eingeredet hat. Erzähl uns doch noch mal in Ruhe, wie es dazu gekommen ist«, sagte ich.

»Also, nachdem Rüdiger gestorben ist, ging es mir ziemlich schlecht«, begann er. »Ich bekam wieder Anfälle, trotz der Medikamente und obwohl ich schon seit Jahren anfallfrei gewesen bin. Alle waren schrecklich lieb zu mir, aber sie konnten mich nicht trösten, und selbst Svetlana ging mir auf die Nerven. Ich war völlig am Ende. Ich fühlte mich plötzlich – naja, das klingt vielleicht lächerlich, aber ich fühlte mich irgendwie entwurzelt. Ich habe mich tagelang in meiner Bude eingeschlossen und nur alte Fotos von Rüdiger und mir angesehen. Von da aus bin ich immer weiter zurückgegangen, ich hab mein ganzes Leben aufgerollt.«

Er nahm einen Schluck von dem Orangensaft, den Donald ihm bestellt hatte. Draußen dämmerte es. Die enge Straße war noch voller Leben. Jemand hupte. Diesmal war es kein Müllwagen, der den Weg versperrte, sondern ein weißer Mercedes, der einparkte. Ich achtete wieder auf Theo, der weitersprach.

»Ich habe so viele alte Plätze aufgesucht, daß ich richtig in Nostalgie zerflossen bin. Ich hatte einfach keine Lust mehr auf Zukunft. Ich habe sogar Margarete und meinen Vater aufgesucht. Margarete – kennt ihr sie?«

Wir nickten. Der weiße Mercedes hatte inzwischen geparkt. Ich hätte schwören können, daß der Stern abgebrochen war.

»Margarete hat sich gerne mit mir unterhalten. Sie

ist eine gute Seele. Ich konnte nie verstehen, wie sie ihn lieben konnte. Aber vielleicht fährt sie ja auf dominante Typen ab. Jedenfalls kam bei unseren Gesprächen heraus, daß sie meinen Vater schon kannte, als meine Mutter noch lebte. Ich hatte immer gedacht, sie hätten sich erst kennengelernt, als ich bei Dr. Hohm in Behandlung war, aber sie kannten sich tatsächlich schon viel länger. Das ist ihr sozusagen rausgerutscht, und es war ihr dann auch ziemlich peinlich. Wenn sie daraufhin nicht so rot geworden wäre und versucht hätte, mich davon zu überzeugen, daß sie kein Verhältnis gehabt hätten, dann wäre mir das vielleicht auch gar nicht komisch vorgekommen. Aber so wurde völlig klar, daß sie ein schlechtes Gewissen deswegen hatte. Das hat mich ziemlich umgehauen. Meine Eltern haben sich zwar zum Schluß immer gestritten, manchmal sogar ziemlich heftig, aber daß er sie auch noch betrogen hat, fand ich ziemlich schlimm. Ich selbst nehme nämlich Fragen der Treue sehr ernst.«

Die Enthüllung, daß der Doktor fremdgegangen war, überraschte mich nicht allzusehr. Sie paßte zu dem Bild, das sich langsam in meinem Kopf zusammenfügte. »Und da hast du ihn zur Rede gestellt«, vermutete ich.

Er nickte. »Es gab einen furchtbaren Krach. Fast so wie früher, als ich noch zu Hause wohnte. Er ist völlig ausgeflippt und hat laut geschrien, ich solle ihm seine Verfehlungen nicht vorhalten, er würde mir meine auch nicht vorhalten. Und als ich geantwortet habe, was ich denn groß angestellt hätte, hat er ausgepackt.«

»Und du hast ihm das geglaubt«, sagte Donald.

»Ja. Warum nicht? Ich war völlig platt. Ich war schon am Anfang des Gespräches aufgeregt und durcheinander, aber danach war ich völlig fertig. Meine Welt fiel auseinander. Ich habe daran gedacht, mich umzubringen, aber mir fehlte der Mut dazu.«

»Um sich umzubringen, braucht man keinen Mut«, behauptete Donald. »Und offensichtlich hast du genug Mut gehabt, um weiterzuleben.«

»Ja, aber ich wollte nicht mehr so leben wie früher. Ich brauchte eine drastische Änderung in meinem Leben, das war mir ganz klar. Und mir war noch was klar, nämlich daß mein Vater jetzt, wo er die Geschichte zum ersten Mal erzählt hatte, nicht mehr schweigen würde. Ich dachte, es wäre nur noch eine Frage der Zeit, bis er es irgendwem anderen erzählen würde, womöglich der Polizei, um mich völlig reinzureiten. Seine aggressive Haltung mir gegenüber an diesem Abend hat das angedeutet. Im Knast, mein Gott, da würden die mich doch zerlegen. Ich bin fast durchgedreht vor Angst.«

»Und daraufhin hast du beschlossen, unterzutauchen«, ergänzte Donald.

»Ja, und zwar richtig. Je mehr ich darüber nachdachte, desto sicherer war ich mir, daß jeden Augenblick die Polizei an meine Tür klopfen würde.«

Ich konnte mir ein bißchen Hohn nicht verkneifen. »Um dich für eine Tat zu verhaften, die du im schuldunfähigen Alter von dreizehn Jahren in geistiger Umnachtung begangen hast.«

Theo wurde rot und kratzte sich am Kopf. »Du hast ja recht. Seit ein paar Minuten wird mir auch langsam klar, wie paranoid das war. Aber ich fühlte mich wie in einem Alptraum. Ich habe ihm geglaubt. Wenn jemand kommt und dir erzählt, du hättest deine Mutter umgebracht, und nach allem, was du weißt, hat er recht, dann bist du einfach zu keinem klaren Gedanken mehr fähig.«

Der weiße Mercedes ohne Stern stand jetzt schon seit ein paar Minuten auf dem Parkstreifen gegenüber dem Restaurant. Seine Stoßstange berührte fast die hintere Stoßstange von Donalds Capri, der ebenfalls dort abgestellt war. Der Parkplatz hinter der Nobelkarosse war frei.

Wenn der Fahrer des Mercedes sich so benommen hatte, wie ich es erwartete, dann war er ausgestiegen, um nach dem Verbleib von Donald und mir zu sehen. Er würde kaum annehmen, daß wir in einem Restaurant saßen, sondern erwarten, daß wir irgendwo in einer Wohnung Theo gefunden hatten und dort wären. Er würde die Straße langsam auf und ab gehen, in Erdgeschoßfenster lugen und Klingelschilder lesen.

Ich entschuldigte mich unter dem Vorwand, die Örtlichkeiten aufsuchen zu müssen, begab mich aber nicht zur keramischen Abteilung, sondern direkt zur kleinen Theke in Eingangsnähe, wo sich der Kellner, der gleichzeitig anscheinend auch Lokalinhaber war, damit beschäftigte, ein Kreuzworträtsel zu lösen. Der Wirt war schätzungsweise vierzig, übertrieben lang, mit kurzem blonden Borstenschnitt und Zigarette im Mundwinkel.

Ich sprach ihn auf englisch an: Ob mein Eindruck stimmte, daß er ein Freund von Theo sei, und ob er mir einen Gefallen tun würde?

Er drückte seine Zigarette aus, legte seinen Kugelschreiber beiseite und sah mich an. »Du kannst ruhig deutsch sprechen«, sagte er in der Sprache von Goethe, Schiller und Thomas Gottschalk, »ich hab da nichts gegen. Ich hab euch auch längst verziehen, daß ihr uns damals alle verhungern lassen wolltet.«

»Fein«, antwortete ich, »ich kann aber zu meiner

persönlichen Entschuldigung vorbringen, daß ich damals nicht dabei war. Ich hatte keine Zeit, ich lag gerade vor Stalingrad.«

Der Baumlange grinste. »Was kann ich für dich tun?«

»Siehst du den Capri da draußen und den Mercedes, der direkt dahinter parkt? Kannst du den zuparken? So, daß er absolut nicht mehr rauskommt, und am besten mit einem Auto, dem man eindeutig ansieht, daß es zu diesem Restaurant gehört, vielleicht, indem du eine Speisekarte hinter die Windschutzscheibe legst oder so. Wäre das möglich?«

»Das mach ich doch gerne. Diese ausländischen Verkehrsraudies gehen mir sowieso auf die Nerven. Ich lasse unseren Lieferwagen mit Aufschrift da hinstellen. Mein Juniorpartner macht das. Denis, komm mal.«

Ein schmächtiger Junge von vielleicht fünfzehn kam aus der Schwingtür zur Küche und putzte sich die Finger an einem Spültuch ab. »Ja, Papa?«

Der Vater hielt ihm einen Autoschlüssel hin, worauf der Junge leuchtende Augen bekam und schnell seine Schürze abband. Es folgten ein paar Instruktionen auf holländisch, die ich nicht ganz verstand. Aber ich hätte schwören können, daß der letzte Satz lautete: »Wenn du dich erwischen läßt, weiß ich von nichts.«

Der Junge verschwand, und ich bedankte mich bei seinem Vater. »Wie kann ich das gutmachen?«

»Bestell noch was von diesem Mineralwasser ohne Kohlensäure«, antwortete er, »es geht nicht.«

Als ich mich wieder an unseren Tisch setzte, unterhielten sich Donald und Theo gerade darüber, wie Ilse und Dirk zu Theos unfreiwilligen Komplizen geworden waren.

»Ich dachte mir, wenn mein Vater mich finden wollte, dann könnte er es am einfachsten über meinen Arzt. Er und Dr. Hohm haben schon damals im Studium zusammen Leichen zersägt. Also habe ich mir überlegt, den Arzt zu wechseln und sicherheitshalber auch selbst gar nicht mehr hinzugehen. Dirk ist nur ein paar Jahre jünger als ich, einem überarbeiteten Arzt in einer hektischen Praxis fällt nichts auf.«

»Warum hast du dich gerade an die beiden gewandt?« fragte Donald.

»Tja«, Theo grinste etwas beschämt und wurde rot. »Ich bin nicht gerade stolz darauf. Ich habe was gegen sie in der Hand, genauer gesagt, gegen Dirk. Es ist nur eine kleine Unregelmäßigkeit, die er sich mal erlaubt hat und von der ich Wind gekriegt habe. Ich habe natürlich versprochen, nicht davon zu reden, darum erzähle ich euch jetzt auch nichts Genaueres. Ich habe sie sozusagen erpreßt.«

Draußen vor dem Fenster näherte sich ein knallroter Fiat-Lieferwagen. Er fuhr leicht ruckelnd, so als ob sein Fahrer nicht besonders gut mit der Schaltung vertraut wäre, aber schließlich parkte er so eng hinter dem Mercedes ein, daß zwischen den beiden Stoßstangen keine Kartoffelschale mehr Platz gefunden hätte. Der Junge kletterte vom Fahrersitz, schloß den Lieferwagen ab und begutachtete zufrieden sein Werk.

»Ich hätte vielleicht nach Rüdigers Tod ein bißchen mehr nach vorne blicken sollen und nicht nach hinten«, murmelte Theo. »Das hätte mir manchen Ärger erspart.«

Nach hinten zu sehen ist gar nicht unbedingt so schlecht, dachte ich mir. Wenn Donald und ich uns auf dem Weg nach Amsterdam nicht so auf den Wagen vor uns konzentriert hätten, dann hätte der weiße Mercedes ohne Stern uns nicht bis hierhin verfolgen können. Und nur der desolaten Parkplatzsituation in dieser engen Gasse war es zu verdanken, daß sein Fahrer uns nicht sofort zu Theos Wohnung hatte folgen können. Aber wenn er auf Konfrontation aus war, dann sollte er sie haben – allerdings nicht zu seinen Bedingungen, sondern zu meinen.

Wir unterhielten uns noch ein paar Minuten über dies und das. Theo hatte frische Farbe in den Wangen, gestikulierte lebhaft mit den Armen und zeigte ab und zu ein strahlendes Lächeln. In diesen Momenten konnte ich verstehen, was Donald in ihm sah. Ich dachte mir, daß wir wenigstens Theo wieder zum Leben gebracht hatten, gleich was für Konsequenzen unsere Einmischung in sein Verschwinden noch haben würde.

»Was ich nicht verstehe«, sagte Theo schließlich, »ist, warum mir mein Vater diese ganze Geschichte überhaupt eingeredet hat. Reiner Sadismus? Wir waren zwar keine Freunde, aber deshalb so fies zu sein…«

Vielleicht mochte Donald an Theo auch dessen kindliche Naivität.

»Er kann es dir ja selbst erklären«, meinte ich. »Wenn mich nicht alles täuscht, kommt er gerade durch die Tür.«

Donald und Theo, die mit ihren Rücken zum Fenster und zum Eingang saßen, drehten sich erschrokken um. Donald sprang auf, als müsse er sich schützend vor seinen Freund stellen. Ich hatte schon vorher beobachten können, wie de la Cour stirnrunzelnd vor seinem zugeparkten Wagen gestanden hatte und schließlich wutentbrannt Richtung Restaurant stürmte. Er riß die Tür auf und stürzte auf die Theke zu, aber als er die Bewegung an unserem Tisch sah, blieb er stehen, und die Schimpfkanonade, die er vorbereitet hatte, verstarb auf seinen Lippen.

Der Wirt hatte sein Kreuzworträtsel erneut beiseite gelegt und erwartungsvoll auf den älteren Mann mit der Strickjacke unter dem offenen dünnen Trenchcoat geblickt. Als der sich aber plötzlich abwandte, verschwand er wieder im Schatten der Registrierkasse. Ich war mir sicher, daß er ein Auge auf uns hielt; ein beruhigender Gedanke.

»Setzen Sie sich doch zu uns, Herr Doktor«, bat ich und gab mir Mühe, ruhig zu sprechen. Zeig ihm bloß nicht, daß du Angst hast. »Wir besprechen gerade eine wichtige Frage. Außerdem wollten Sie doch sowieso zu Herrn Dack und mir. Schließlich haben Sie sich die Mühe gemacht, uns von Essen bis hier zu verfolgen.«

Der Doktor kam tatsächlich einige Schritte näher. Seine Brille war beschlagen. »Was geht hier vor?« zischte er.

»Theo hat uns erzählt, was Sie ihm für Räuberpistolen aufgetischt haben«, antwortete Donald, der sich langsam wieder setzte. »Wir fragten uns gerade, warum Sie das getan haben. Meine Vermutung ist, um abzulenken. Um ihn davon abzuhalten, weitere Nachforschungen über den Mord an seiner Mutter anzustellen.«

De la Cour versuchte ein gequältes Lächeln. »Wovon reden Sie? Ich bin froh, meinen Sohn wiederzusehen, und Sie reden, als hätten Sie Fieber.«

»Oh, sowas sollten Sie als Arzt doch sofort erkennen«, sagte ich. »Sie kennen sich doch aus. Sie wissen auch, wo man hinstechen muß, um jemanden mit einem gezielten Stich zu töten. Sie haben Gummihandschuhe in Ihrem Arztköfferchen. Praktisch zum Morden.«

Theo zitterte so stark, daß ich unter dem Tisch sein Knie an meinem spürte. Ich wischte den unangenehmen Gedanken aus meinem Hinterkopf, daß de la Cour Jäger war und Zugang zu Schußwaffen hatte. Er hielt beide Hände, die offensichtlich leer waren, hinter dem Körper.

De la Cour sagte nichts.

»Vielleicht erzähle ich Ihnen mal, wie das vor dreiundzwanzig Jahren war«, fuhr ich fort. »Sie hassen Ihre Frau. Sie haben eine Geliebte. Eine Scheidung ist teuer und würde Sie finanziell ruinieren. Und als Sie eines Nachts von einem Hausbesuch zurückkommen, rennt Ihnen Ihre Frau im Eingang entgegen. Sie ist völlig aufgelöst. Ihr Sohn hat einen schrecklichen Anfall, und sie weiß nicht, was los ist. Sie hat das Messer noch in der Hand, das sie ihm abgerungen hat, aus Angst, er könne sich damit verletzen. Sie durchschauen die Lage. Sie sehen, daß Ihr Sohn einen epileptischen Anfall hat. Sie sehen auch, daß sich Ihnen eine einzigartige Chance bietet, Ihre Frau loszuwerden und die Tat perfekt zu kaschieren. Sie erstechen sie und behaupten, die beiden wären überfallen worden.«

»Was reden Sie da für einen Schwachsinn!« kreischte de la Cour.

Donald machte für mich weiter: »Und alles klappt perfekt. Sie kassieren sogar noch die Lebensversicherung Ihrer Frau und bekommen finanziell wieder etwas Oberwasser. Erst dreiundzwanzig Jahre später tritt ein Problem auf, weil Theo plötzlich alle Details wissen will, die Sie ihm nicht geben wollen. Schlimmer noch, Ihre Frau verplappert sich, und Theo erfährt, daß Sie zur Zeit Ihrer ersten Ehe schon ein Verhältnis mit Ihrer jetzigen Frau hatten. Wenn er nicht durch den Tod seines Freundes so verwirrt gewesen wäre, hätte er eins und eins zusammengezählt und wäre zu dem Schluß gekommen, daß Ihnen das ein erstklassiges Motiv für den Mord an seiner Mutter gegeben hat. Sie nutzen seine Trauer aus und reden ihm ein, er selbst sei am Tod seiner Mutter schuld, weil Sie hoffen, daß er die Geschichte schluckt, nie wieder davon spricht oder besser noch, sich vielleicht umbringt.«

»Das ist nicht wahr!« schrie de la Cour.

Der Kellner erhob sich aus seiner Ecke und warf einen skeptischen Blick in unsere Richtung. Ich bedeutete ihm durch ein Kopfnicken, daß wir alleine zurechtkämen, und er verschwand wieder.

»Theo taucht unter, und Sie sind froh, weil Ihr Trick offensichtlich funktioniert hat. Aber dann erscheinen wir und suchen ihn. Ärgerlich, denn wir könnten Ihr Spiel durchschauen«, fuhr Donald fort.

»Um uns von der Sache abzuschrecken, sperren Sie mich im Parkhaus ein. Dabei fühlen Sie sich so sicher, daß Sie sogar Ihr Auto da abstellen. Wir haben es ja nie gesehen, weil Sie es an dem Abend, als wir Sie besucht haben, in Ihrer Garage versteckt hatten. Aber dann wird Ihr Alptraum wahr. Wir finden Theo und machen ihm klar, daß es nur einen Grund für Sie geben kann, ihn anzulügen«, sagte ich.

Theo war kreideweiß. In diesem Moment sahen Vater und Sohn sich erschreckend ähnlich. Die blanke Angst in beiden Gesichtern. Aber es war nur das Äußere, das sich ähnelte.

»Sie können gar nichts beweisen«, de la Cour trat einen kleinen Schritt zurück, »das sind alles infame Anschuldigungen, Hirngespinste ...«

Theo blickte ihn an. »Hau bloß ab«, flüsterte er.

»Theo«, begann de la Cour, brach ab, drehte sich um und rannte aus dem Restaurant.

Obwohl es draußen schon fast völlig dunkel war, konnten wir sehen, wie er die Tür zu seinem Wagen aufriß und sich hektisch hineinsetzte. Es gab ein häßliches, knirschendes Geräusch, als der Mercedes den hinteren Kotflügel von Donalds Capri streifte, dann gegen die vordere Stoßstange des Fiats krachte, und schließlich nach einer zweiten Kollision mit dem Capri freikam. Mit durchdrehenden Reifen raste de la Cour aus der Straße.

Theo brach wieder in Tränen aus und sackte über dem Tisch zusammen. Donald wollte ihn in den Arm nehmen, aber er schubste ihn weg.

Ich ließ die beiden allein und ging zur Theke. »Gibt es hier ein Telefon?«

»Hier.« Der Kellner hielt mir einen Hörer hin. Ich kramte in meinem Portemonnaie nach dem Zettel mit der Telefonnummer von Svetlana, den ich vorsichtshalber eingesteckt hatte.

Lars ging dran, der Spießer, der mit seiner Freundin zusammenziehen wollte. Svetlana sei auch da, er würde sie holen.

»Wenger«, brüllte ich in die Sprechmuschel, »Svetlana, hör mir jetzt gut zu. Ich will, daß du deine Mutter anrufst und sie für heute abend einlädst. Ob zu dir in die WG oder ob du mit ihr ausgehst, ist mir egal. Hauptsache, sie ist weg von zu Hause, so lang wie möglich. Am besten schlägst du ihr vor, über Nacht bei dir zu bleiben.«

»Ja, aber, ich wollte–«

Ich unterbrach sie. »Es ist egal, was du heute abend vorhast. Sag es ab. Oder nimm deine Mutter mit hin. Das ist todernst. Sie wird dir sagen, daß dein

Vater nicht zu Hause ist, und vielleicht will sie auf ihn warten. Laß dich nicht darauf ein. Sorg dafür, daß sie heute abend nicht zu Hause ist, klar?«

»Gut. Ich weiß zwar nicht, was das soll–«

»Du wirst es verstehen. Früh genug. Danke.«

Erst als ich auflegte, fiel mir auf, daß ich sie geduzt hatte.

»Mich geht das ja überhaupt nichts an«, sagte der Kellner/Barkeeper/Geschäftsinhaber, der inzwischen das vollständig ausgefüllte Kreuzworträtsel aus der Zeitschrift gerissen und ein Papierschiffchen daraus gefaltet hatte, »aber mein Lieferwagen sieht ziemlich kaputt aus.«

»Ich weiß«, antwortete ich, »aber wir haben alle gesehen, wer es war, und ich habe seinen Namen und seine Adresse. Wir werden dafür sorgen, daß seine Versicherung zahlt, keine Sorge.«

»Gut«, sagte er, »sonst muß ich dich zum Tellerspülen zwangsverpflichten, bis du mir den Lieferwagen abbezahlt hast.«

Das waren nicht unbedingt die besten Aussichten.

Ein Fetzen aus unserer ersten Unterhaltung mit de la Cour schwirrte mir dauernd im Kopf umher: »Zumindest hatte er den Anstand, sich aufzuhängen.« Zahlten Kraftfahrzeug-Haftpflichtversicherungen auch posthum?

Gut drei Stunden später stand ich frierend in völliger Dunkelheit in einer Sackgasse in Werden. Donald und ich hatten uns Marcels Polo ausgeliehen, um nach Essen zurückzufahren. Donalds Capri war nach de la Cours Amok-Abfahrt nicht mehr fahrtüchtig. Der hintere rechte Kotflügel war so lose, daß wir fürchteten, er würde während der Rückfahrt abbrechen. Also vereinbarten wir, daß Donald und ich den

Polo benutzen und ihn am nächsten Tag nach Amsterdam zurückbringen würden. Dann wollte Donald sich auch um sein Auto kümmern. Und wahrscheinlich wollte er auch einen Versuch starten, Theo für sich zu gewinnen, der nach dem plötzlichen Auftritt seines Vaters so verstört gewesen war, daß wir ihn kurzerhand mit Baldrian abgefüllt und ins Bett gestopft hatten.

Als wir wieder in Essen waren, setzte ich Donald bei sich zu Hause ab und erzählte ihm, ich würde auch heimfahren. Das stimmte nur halb, denn ich stieg zwar kurz in meine Wohnung hinauf und rief Schafstall an, aber dann fuhr ich sofort zum Haus der de la Cours weiter.

Die Werdener Straße mit dem Wendehammer vor dem Wäldchen lag völlig still da. Es war ungefähr halb zehn, und bei vielen Häusern waren selbst die Außenbeleuchtungen abgestellt. Hinter ein paar Wohnzimmergardinen schimmerte das Licht von Fernsehern. In der Ferne bellte ein Hund. Die Temperaturen waren weit unter dem Gefrierpunkt. Das trübe Licht der wenigen Straßenlaternen leuchtete milchig.

Trotz der Kälte hielt mich nichts im Auto. Ich lief vor dem Gartenzaun der de la Cours auf und ab und wartete auf Schafstall. Er hatte zwar gesagt, daß er sofort kommen würde, aber sein Weg war viel weiter als meiner.

De la Cours Mercedes stand halb auf dem Bürgersteig. Er hatte sich nicht mehr die Mühe gemacht, ihn in die Garage zu stellen. Beide vorderen Blinklichter waren herausgebrochen, und die hintere Stoßstange war eingedrückt.

Im Haus war alles dunkel. Ich fragte mich, was de la Cour seinem Sohn noch hatte sagen wollen, bevor er aus dem Restaurant gestürzt war. Vielleicht wollte er ihm sagen, daß er ihn doch mal irgendwann geliebt hatte, ganz am Anfang, bevor sich ihre unterschiedlichen Lebensarten zwischen sie stellten. Wie konnte man so ein kleines Bündel nicht lieben, das man in den Armen hielt und das einen anstrahlte? Und wie konnte es geschehen, daß nachher Haß daraus wurde?

Ich dachte an meinen Vater. Er hatte sich noch nicht einmal die Mühe gegeben, mich zu hassen. Wir waren ihm einfach egal gewesen, meine Mutter und ich. Wir waren auch ohne ihn ausgekommen – oder?

Und ich selbst, war ich so viel besser geworden? Als Kind war ich so häufig einsam gewesen, daß ich mir geschworen hatte, meine Kinder würden nie allein sein müssen, wenn sie es nicht wollten. Ich würde gleich ein paar haben, dann wären sie miteinander beschäftigt.

Felix war Einzelkind. Mein ganzes Leben war eine einzige große Erfolgsgeschichte. Es war so kalt, daß ich dachte, die Tränen, die mir übers Gesicht liefen, müßten gefrieren. Ich hüpfte auf und ab, um mich zu wärmen. Das erinnerte mich an früher, an das Käsekästchenhüpfen auf dem Bürgersteig vor unserer Haustür. Am späten Nachmittag kamen die Väter von all den anderen kleinen Mädchen auf ihrem Weg von der Arbeit nach Hause bei uns vorbei und holten sich von ihren Töchtern Küßchen ab. Aber dafür hatte ich alle beim Hüpfen geschlagen, ich war immer die Beste, auch in der Schule. Doch für die Einsen hatte es keine Fünfmarkstücke aus väterlicher Hand für das Sparschwein gegeben.

Schließlich bog ein Wagen in die Straße. Ich sah seine Scheinwerfer schon von weitem. Es war Schafstalls Alfa. Der Wagen hielt vor meinen Füßen, eine hochgewachsene Gestalt stieg aus und leuchtete mir mit einer Taschenlampe direkt ins Gesicht.

»Lassen Sie das! Sie blenden mich!«

»Sie haben eine Beule. Wie ist das passiert?«

Wenigstens fragte er nicht nach meinen roten Augen. Ich erklärte ihm so knapp wie möglich, was in den letzten Stunden vorgefallen war.

»Und Sie glauben, daß er hier drin ist?« fragte Schafstall, als ich mit meiner Geschichte fertig war.

»Das Auto steht hier. Ich kann mir nicht vorstellen, daß er geflohen ist.«

»Ist sonst noch jemand drin?«

»Ich habe dafür gesorgt, daß seine Frau nicht da ist.«

»Sie sagen, er hat Zugang zu Schußwaffen?«

»Er hat bestimmt mehrere.«

»Gut. Ich gehe rein. Ich schlage vor, Sie bleiben hier.«

Ich hatte sowieso nicht vorgehabt, mit reinzugehen. Schafstall sprang über das Zauntörchen und ging den Gartenweg entlang zur Haustür. Es war so dunkel, daß ich nicht erkennen konnte, was genau er da machte, aber nach ein paar Augenblicken öffnete sich die Tür mit einem sanften Knacken, und er schlüpfte leise ins Haus. Ich sah von außen, wie er zuerst in der Halle Licht machte, dann im Wohnzimmer, bis er schließlich in der Küche fand, wofür er gekommen war.

Schafstall machte sich nicht mehr die Mühe, einen Krankenwagen zu rufen. Eine halbe Stunde später glitt der Leichenwagen fast lautlos in die Straße.

Als er am Morgen aufwachte, merkte er sofort, daß etwas anders war. Er lehnte sich in sein Kissen zurück und genoß die Gewißheit, die sich langsam ausbreitete.

Er hatte in der Nacht nicht geträumt.

18.

»Er war dreiundsechzig. Wie viele Jahre hätte er bekommen, zehn, zwanzig? Er hätte seine letzten Lebensjahre sowieso im Gefängnis verbracht.« Theo war nicht ganz so erschüttert, wie ich es befürchtet hatte. Im Gegensatz zum Vortag wirkte er entspannter und sicherer. Sein roter Schal und das karierte Futter seiner dicken Kapuzenjacke zauberten etwas Farbe in seine Erscheinung.

»Ich glaube noch nicht mal, daß er Angst vor dem Gefängnis hatte«, entgegnete ich. »Wir hätten ihm nie etwas nachweisen können, es wäre bestimmt gar nicht zu einem Verfahren gekommen. Ich stelle mir eher vor, daß er Angst hatte, das Gesicht zu verlieren, wenn wir unsere Anschuldigungen wiederholt hätten, zum Beispiel vor Margarete und Svetlana. Allerdings würde es mich auch nicht wundern, wenn Margarete schon immer etwas geahnt hätte.«

Wir saßen in der Amsterdamer Innenstadt auf einem Platz, der von Banken, Hotels und Geschäften umrandet wurde. Obwohl es Sonntag war, herrschte ein Leben und Treiben, wie ich es aus Essen nur von langen Samstagen vor Weihnachten kannte. Die Leute überquerten den Platz von allen Richtungen oder setzten sich wie wir für ein paar Minuten hin.

Mir fiel auf, wie gut Theo in diese Umgebung paßte. Seine bunte Kleidung spiegelte sich in der Kleidung der Passanten wider, und seine Haare hatten die gleiche Farbe wie die Straßenbahnen, die am Rande des Platzes Schlange standen.

»Da ist noch was«, begann ich, obwohl ich mir nicht sicher war, ob es ich Theo erzählen wollte.

»Ja?«

Was sollte es? Er würde es doch früher oder später erfahren. »Dein Vater hat einen kurzen Abschiedsbrief hinterlassen. Viel stand nicht drin, aber er war ein Geständnis des Mordes an deiner Mutter. Sie wollte ihn verlassen, die Scheidung einreichen.« Und mit Dr. Hohm zusammenleben. Dr. de la Cour war nicht der einzige gewesen, der ein Verhältnis gehabt hatte. Ich hatte aber nun doch keine Lust, Theo das zu erzählen. Vielleicht würde er es irgendwann mal von Svetlana erfahren. Zu einem Zeitpunkt, wenn er ein bißchen mehr Abstand gewonnen hatte.

»Das war es also«, sagte Theo. »Er hatte einfach nur Angst, pleite zu werden. Das Haus, die Praxis... Ein Mord war billiger als eine Scheidung.«

Ich nickte, und wir schwiegen.

In der Mitte des Platzes hielt die Feuerwehr trotz der Kälte eine Übungsdemonstration ab und verkündete auf großen Transparenten, daß Brandweervrouwen gesucht würden. Ich sollte mich für diese Aufgabe besser nicht melden – ich kam immer erst, wenn das Haus schon in Asche lag. Drumherum drängelten sich die Schaulustigen, darunter auch Donald und Felix. Wir waren auf Polo und Jaguar verteilt in Amsterdam eingetroffen und würden im Jaguar wieder nach Essen zurückfahren, wobei Donald natürlich hoffte, daß Theo auch mit von der Partie sein würde. Donalds Capri würde, so hatte er sich nach einer langen Diskussion mit Marcel entschieden, in

Amsterdam auf einem Autofriedhof enden, weil das finanziell günstiger war als eine Reparatur des alten Wagens.

Ich hatte mich mit Felix wieder versöhnt, und der gemeinsame Ausflug nach Amsterdam tat ein übriges, sein Schmollen zu beenden. Es störte ihn nur, daß ich ihn an diesem Tag dauernd in den Arm nehmen wollte. Ich beobachtete ihn, als er eine Feuerleiter erklomm, die von den Kindern beklettert werden durfte.

»Hat er irgendwas davon geschrieben«, fragte Theo plötzlich, »daß es ihm leid tut, oder so?«

»Nein.«

»Hm.« Theo stützte den Kopf auf seinen Händen ab. Donald ließ Felix allein und setzte sich zu uns auf die Bank.

»Und«, sagte er zu Theo, »was machst du jetzt mit dem Rest deines Lebens?«

»Zuerst mal bleib ich hier. Ich bin so ganz zufrieden. Vielleicht finde ich ja bald eine eigene Bude. Ich arbeite gerne im Laden von Anja und Marcel. Irgendwann sehe ich weiter.«

Das war nicht die Antwort, die Donald hören wollte. Er verschränkte seine Arme vor der Brust und sah zwischen seinen Beinen hindurch auf den Boden.

»Viele Leute hätten es aber lieber, daß du wieder nach Hause zurückkommst. Stefan zum Beispiel. Und vor allen Dingen Svetlana. Ihr geht es jetzt ziemlich dreckig, das kannst du mir glauben. Sie bräuchte jemanden, der ihr beisteht.«

»Ich weiß«, murmelte Theo leise. »Aber ich will nicht. Ich kann noch nicht.«

»Rüdiger ist jetzt schon so lange tot«, redete Donald weiter. »Du solltest dich jetzt mal langsam wieder um die Lebenden kümmern.«

Theo antwortete nicht.

Donald holte tief Luft. »Und ich wäre auch froh, wenn du wieder da wärst.«

Theo wich Donalds Blick aus und knetete seine Hände. Donald hatte hoch verloren, und er wußte es.

»Rüdiger«, flüsterte Theo schließlich mehr zu sich selbst als zu uns, »ich will, daß er zurückkommt.«

»Er kommt nie zurück«, sagte ich.

Theo stand auf, klopfte Donald auf die Schulter, der ihn ignorierte, und nickte mir zu. Dann tauchte er in die Menschenmenge auf dem Platz ein. Einen Moment konnte ich ihn noch sehen – die hellen Haare, das bunte Kapuzenfutter, den Schal – dann war er verschwunden.

Dorothee Becker

Der rankende Tod

Kriminalroman
191 Seiten, DM 14,80
ISBN 3-89425-040-2
2. Auflage

»Erschüttert erfährt Veronika, daß ihr geschiedener Mann Clemens sich vor den Zug geworfen hat. Ein Abschiedsbrief des Toten offenbart ihr, daß er erpreßt wurde. Das läßt ihr keine Ruhe, und sie beginnt, nach dem Erpresser zu suchen. Dabei stellt sie fest, daß Clemens´ Tante nicht einem Verkehrsunfall zum Opfer fiel, sondern, ebenso wie seine Schwester, ermordet wurde. Auch für sie wird es gefährlich ... Ein gut aufgebauter, spannender Krimi « (das neue buch/Buchprofile)

»Noch wichtiger freilich ist der überzeugende Aufbau der Verdachtsmomente, der mit hingeworfenen Bemerkungen beginnt, wie sie nur der wahrhaft geübte Krimileser registriert, und sich über immer häufigere und dichtere Hinweise bis zur glaubhaften und auch erschütternden Entlarvung steigert. Gegen Ende gerät man in Angst und Schrecken, weil die Autorin listig (und ein bißchen unfair) so tut, als habe ihre Heldin den ganz eindeutigen Fingerzeig übersehen.« (Sächsische Zeitung)

»Richtig gut ist Dorothee Becker, wenn sie ihre Heldin mit Herzenslust lästern und nicht nur einen kleinen Pauschalangriff denken läßt.« (Werdener Nachrichten)

»Über 192 Seiten entwickelt Dorothee Becker eine spannende Recherchengeschichte, die mit immer neuen Wendungen und geschickt eingestreuten Episoden bis zur letzten Seite fesselt. Sprachwitz und lokalbezogene Milieustudien inklusive.« (Mülheimer Wochen)

grafit

»Ekel«-Krimis von Ard & Junge

Das Ekel von Datteln
ISBN 3-89425-426-2 DM 14,80
»Süffige, spannende Lektüre - ein Muß für jeden Krimi-Freund.« (WAZ, Bochum)
»Gründlich ausrecherchiert - darum sehr realitätsnah - ist die Szenerie an den Schauplätzen des kriminellen Geschehens.« (Ruhr-Nachrichten)

Das Ekel schlägt zurück
ISBN 3-89425-010-0 DM 14,80
»Die Rezeptur... stimmt mal wieder: Tempo, Spannung, der milieusichere Blick in die rauhe Herzlichkeit des Revier-Genossen-Filzes.« (Manfred Breuckmann/WDR)
»...freche, vergnügliche Polit-Satire von manchmal sympathischer, manchmal abstoßender Bösartigkeit.« (WAZ)

Die Waffen des Ekels
ISBN 3-89425-021-6 DM 14,80
»Genial springen die Autoren zwischen mehreren Handlungssträngen, spielen mit der deutschen Sprache wie mit Verdachtsmomenten; so entsteht Lesevergnügen vom Feinsten. Unter den deutschen Krimis hat die eklige Trilogie schon jetzt einen Ehrenplatz verdient.« (SCHNÜSS, Bonn)

Meine Niere, deine Niere
ISBN 3-89425-028-3 DM 16,80
PEGASUS, das berühmteste Videoteam zwischen Marten, Oespel und Lütgendortmund, deckt kriminellen Organhandel auf - und natürlich mischt »Ekel« Roggenkemper wieder mit.

Der Witwenschüttler
ISBN 3-89425-044-5 DM 16,80
Doppelmord in Recklinghausen: Die Opfer sind der Umweltminister von NRW und seine Geliebte. Private Rache oder Terror? Und welche Rolle spielt »Das Ekel von Datteln«? PEGASUS recherchiert - zusammen mit dem Star-Reporter von BLUT.

grafit